U0045759
鄰座的不良少女
清水同學染黑了頭髮
底花
插畫ハム
Story by Teika Art by Hamu
2
清水圭
「公主頭也很好看，
但馬尾也很適合妳。」
「是、是嗎……」

「圭覺得最後一幕主角告白那段怎麼樣？
妳也想像那樣被告白嗎？」
「啊？妳、妳突然
在說什麼啦！」

「圭小姐，妳露出了很可怕的表情耶？」
「……我才沒有。」
「真是的，圭在吃醋，真可愛耶。」
「吵、吵死了。」

瀨戶澪
「我沒有將本堂同學
當成異性看待……所以妳放心吧。」
「放、放心什麼啦！不管妳喜歡本堂，
還是不喜歡，對我來說都沒關係！」

鄰座的不良少女
清水同學染黑了頭髮
2
底花
插畫ハム
Story by Teika Art by Hamu
Kadokawa Fantastic Novels

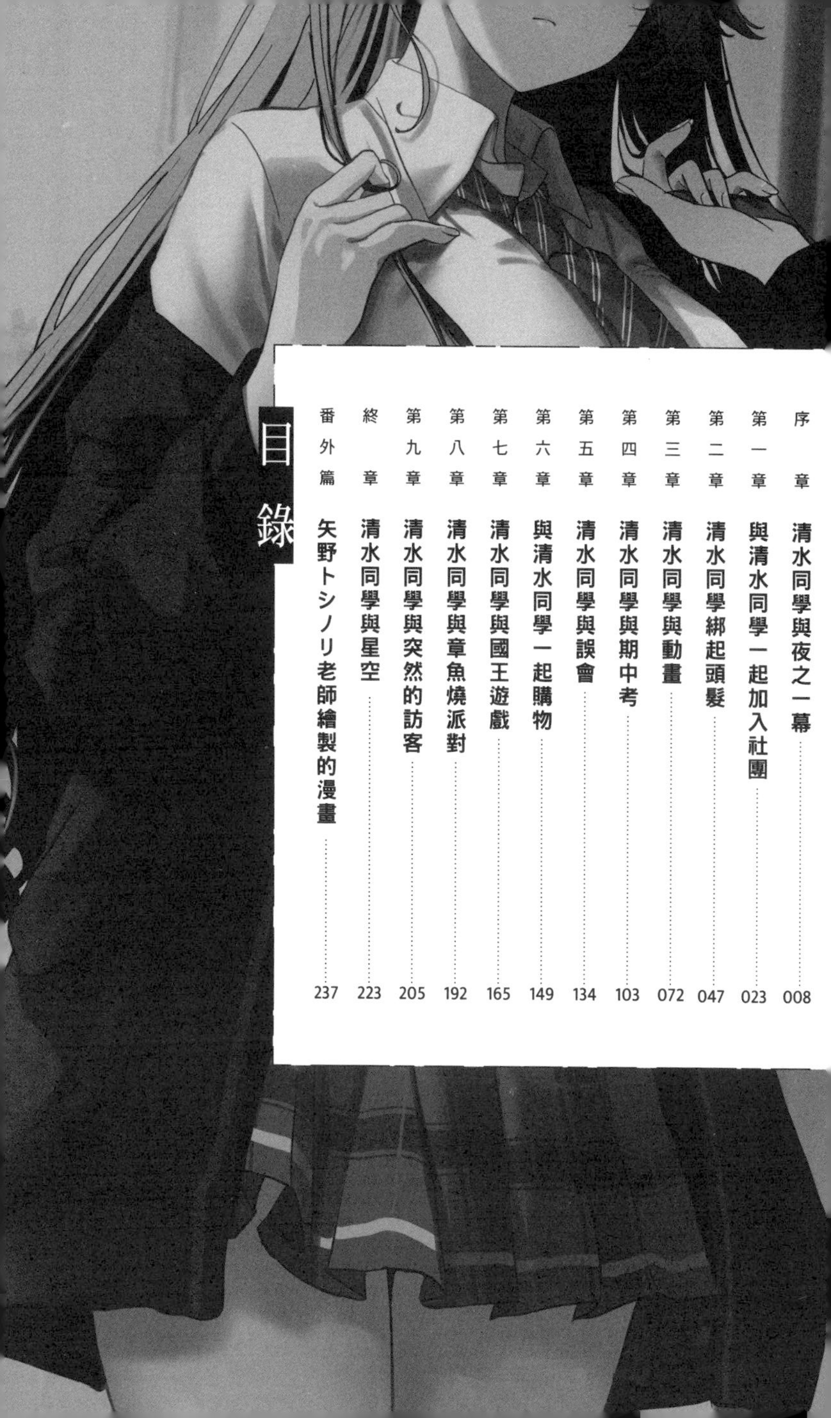

目錄

「那傢伙……」

我在自己房間的床上自言自語地這麼說道。

正在回想的是今天午休發生的，當我拒絕不認識的學長告白時的事情。本堂出現在陷入絕境的我身邊，毫不畏懼學長地幫助了我。

「他說我是重要的人，而且眼睛離不開我……」

不僅如此，本堂說了好幾句不會簡單地忘記我之類的話。

「我可能比清水同學所想得更加珍惜清水同學。」

「是的，她明明很溫柔卻又笨拙，所以我的眼睛離不開她。大概只要和清水同學在一起，我就會忍不住想看著她。」

我把臉埋進枕頭裡，在床上翻來覆去，想設法消除這種無法用言語表達的衝動。數十秒後明白了沒有任何效果，於是停下狂暴的行為。

比剛才稍微冷靜一點點的我從床上下來，拿起放在桌上的熊布偶。這是我房間裡唯一的布偶，是之前在購物中心與本堂一起玩時，他讓給我的夾娃娃機的獎品。

「我該怎麼做，才能讓那傢伙對我的感覺變成喜、喜歡呢？」

我對著布偶問出明知它不會回答的問題。該怎麼做，才能讓本堂變得喜歡我呢，這是我最想知道答案的問題。

「和你講也沒用吧。」

確實和高中一年級時相比，感覺現在我和本堂的精神距離比較接近。不過照這種步調，在和本堂變成戀人之前，我們會先從高中畢業吧，所以必須做出比現在更多的行動才行。只是假如我沒有聽到本堂和松岡聊戀愛話題，就不能採取行動……當我正思考著這些事情時，聽見一個聲音。

「沒問題的庫瑪（註：「熊」的日文諧音）！只要小圭告白，就能一舉和大輝學弟甜甜蜜蜜庫瑪！」

我靜靜地放下布偶，直直走向剛剛傳來聲音的門前。

打開門，如我所想地愛站在那裡。

「妳從什麼時候開始聽的？」

「妳不和熊熊再說一點話嗎庫瑪？」

「我如果再年輕個十歲可能會吧。好好回答我，妳是從什麼時候開始聽的？」

「從妳在床上喃喃說『那傢伙……』的場景開始吧。」

「那不就幾乎是從一開始嗎！」

我的右手慢慢靠近愛的頭部。

「大小姐，您那隻手到底是想對我做什麼？」

「只要把妳那空空的腦筋挖出來，就能消除記憶了吧。」

「我真的真心請妳高抬貴手！圭妳那由媽媽真傳的鐵爪真的很痛啊！我的頭會開洞的！」

難得愛會感到害怕。我記得自己只有在小學的時候使出這種攻擊，對愛來說似乎已經造成創傷了。

「若是那樣，妳應該知道我接下來要說什麼了吧？」

「圭大人，我對偷聽一事感到非常地抱歉！」

愛猛然低頭道歉。她那麼乾脆，我也無法再對她下手。

「沒有下次了哦。」

「好的！」

「那我要關門了。」

如同我宣言的打算關上門，但這個舉動被愛的手阻止了。

「怎樣啦，剛剛的事已經結束了吧？」

「完全沒有結束啊！不如說得到原諒之後才要進入正題喔！請告訴我，今天午休發生了什麼事！」

「唉……」

我不禁嘆了口氣。因為照這種發展，是會非常花時間的模式。

「原來如此，原來如此。那個午休發生了那種事啊……」

「妳聽完應該滿意了吧。好，趕快回去。」

從那之後，我在自己的房間裡對愛說明了午休發生的事情。愛在我說話時都會好好地做出回應，所以談話一直沒辦法結束，結果感覺說了有十分鐘以上。

「圭，不要說那種話嘛。話說回來，在妳陷入危機時颯爽衝刺而來的大輝學弟，在圭的眼裡應該相當帥氣吧？」

「如、如果他來體育館後方時沒那麼喘，可能會很帥氣啦。」

「妳在掩飾害羞耶，不過這種地方也很可愛啊。」

如此說道的愛雙手環胸，開始思考某些事。

「妳怎麼了，要是有想到什麼事就快點說。」

「沒有啦，我試著思考，你們果然是有譜了不是嗎。」

「妳、妳突然說什麼啊！」

「妳很大聲耶。現在可是晚上哦，稍微冷靜一點啦。」

我反射性地用手摀住嘴。話說回來，竟然被愛要求冷靜，心情有點複雜。

「抱歉……」

「我想爸爸和媽媽應該沒聽見啦。」

「……那麼妳為什麼會覺得我們有譜啊。」

「因為我在教室說出事情經過時，大輝學弟馬上就開始擔心圭的安危了。要是他對圭沒有什麼想法，我想他是不會那麼擔心的哦。」

「本堂擔心我……」

我用手摸臉頰，感覺比平常還要有點發熱。

「呵呵呵……」

回過神來，再次將視線轉向聲音傳來的地方，愛竊笑地看著我。

「怎、怎樣啦，露出那種奇怪的笑容，想說什麼就說啊。」

「只是在想我的妹妹真是受到喜愛呢。」

我為了回嘴，在那之前稍作思考，但當我一思考，心中的熱意就漸漸地冷卻下來了。

「……不是那樣的。」

「哎呀，妳突然怎麼了啊，露出那種寂寞的表情。」

我現在有露出那種寂寞的表情嗎？自己沒有辦法確認，所以不清楚。

「那傢伙並不是喜愛我吧。就算退一百步來說，即使他喜歡我，那也不是Love，而是Like。」

我當然不能完全了解他的心意，也實在不覺得自己是作為異性受到本堂喜歡。當時本堂說我是重要的人，那句話應該不是謊言吧。只是那份情感不是戀愛之類的，用親愛這個詞來形容才是最接近的吧，我忍不住這麼想。

思考著這些事情時，愛露出似乎很訝異的表情並將視線對著我。

「就算是Like也不錯吧？」

「咦？」

「因為大輝學弟對圭是抱有好感的這件事依然不變吧？那樣總比他完全不關心圭來得好多了吧。」

正當我呆愣住時，愛又繼續開口：

「就連我也不是從以前開始就把陽介當成異性來喜歡呢。對於對方的心意從Like逐漸轉變成Love是常有的事哦。」

「是嗎？」

是這樣子嗎？不過愛對陽介的感情變化，我確實也是一直看在眼裡的。

「就是這樣。所以現在是Like也沒關係，妳接下來努力將Like變成Love不就好了嗎？」

「原來如此……」

我可能變得有點太悲觀了。現在我與本堂的關係與一年級時相比，儘管只有一點點，但確實是有前進了。假如接下來也繼續努力，雖然可能沒辦法在還是高中生時就變成戀人，至少能變成有一定程度的親近關係……

「那個，圭小姐？」

「什、什麼啦。」

「妳是不是在想照現在這個狀態，雖然沒辦法變成戀人，但在畢業前至少能變成有一定程度的親近關係呢？」

我的心跳漏掉一拍。這個姊姊只有在聊戀愛話題時才能讀到人家的心聲嗎？

「不、不行嗎？」

「我沒說不行，但覺得有危險哦。」

「妳是什麼意思？」

「我不清楚現在是怎樣，但總覺得成為大學生之後，大輝學弟會很受歡迎哦。他很溫柔，仔細一看臉蛋也相當可愛。」

「嗚！」

我一直不去細想，接下來很可能會出現察覺本堂的優點並受到吸引的人。

「妳再這麼悠哉地慢慢想，變成大學生後的大輝學弟說不定會和不知道打哪兒來的出色女孩交往哦？」

「咕嗚嗚……」

「即使妳那樣瞪著我看，我也只會覺得可愛而已哦。」

我沒有意識到，原來自己似乎正皺著眉頭。

「這樣一來我該怎麼做才好呢？」

「呵呵呵，圭，看來妳很困擾呢。」

「妳又用那種奇怪的笑法了，這次是怎樣啦？」

「我想到能夠讓目前的圭和大輝學弟一口氣拉近距離的方法了！」

如此說道的愛使勁地往我這邊靠過來。

「太近了，妳稍微離開一些。」

我抓住愛的雙肩，強硬地拉開她。

「嘖，圭妳這個壞蛋～」

「誰是壞蛋啊。好了，快點把那個什麼方法告訴我。」

「那我就告訴妳嘍……雖然想這麼說，但現在還不是說的時候呢。」

「為什麼啊，不要裝模作樣，妳說啦。」

她自己說有好方法，卻不能告訴我，這是怎麼回事啊。

「因為我覺得要是妳先知道了，就會減少一半的樂趣。」

「就算沒樂趣也沒關係，妳先告訴我吧。」

現在比起期待，不安的心情遠遠占了上風，我想趕快問到那個方法。

「欸～現在告訴妳就太浪費了。放心，我也會請陽介幫忙，以準備萬全的狀態去挑戰！」

「妳連陽介都要請來幫忙，到底打算做什麼啦！」

「那是最高機密！不過在現在這個階段我可以先透露的是，如果能成功，圭和我以及所有人都能獲得幸福哦！」

「真的沒問題嗎……」

結果，直到最後愛都沒有洩漏口風，就回自己的房間了。

※ ※ ※

『咦，午休時間你離開教室之後發生了這些事嗎？』

在體育館後方發生騷動的當天晚上，我在電話中對俊也說明了在那裡發生的事。以我的立場來說，也想對擔心我的俊也說明事情經過，幸好俊也打電話過來了。

「對，抱歉讓你擔心了。」

『不用在意啦。不過確實在大輝你離開教室之後，我還想著該怎麼辦呢。』

「當時我太焦急了……」

聽到清水同學可能有危險，當時實在沒有餘裕顧及周遭。

『也是呢，不過當大輝和清水同學在午休時間內平安無事地回來後，我就安心了。』

「是啊，只是不知道清水同學有沒有事……」

『難道那個學長對清水同學說了什麼冒失的話嗎？』

「對……」

儘管他最後有道歉，但學長對清水同學說了很過分的發言。只是被說成那樣的本人如果不在意那就還好。

『雖然這是我的猜測，我覺得她沒事哦。』

「為什麼？」

『因為針對那個學長冒失的發言，大輝你有替她澄清說沒那回事了吧？我覺得比起陌生人的粗暴話語，總是待在她身邊的大輝蘊藏真心的話更能在清水同學的內心獲得迴響吧。』

「是……這樣嗎？」

『那是我的想法啦。所以大輝你明天也像平常一樣對待清水同學就好了吧？從旁觀的角度看來，總覺得清水同學在和你說話時，比平常還要更開心些呢。我覺得清水同學也會比較喜歡這樣吧。』

「知道了，我會試著這麼做。俊也，謝謝你。」

『不客氣，我們是朋友，這是我該做的。』

俊也平常總是愛開玩笑，但只要我認真說話，他也會配合認真回應。能夠有俊也這樣的朋友，我打從心底覺得真是太好了。

談話告一段落，才想起還有一件事想問他。

「俊也，還有件事想聊一下，你方便嗎？」

『什麼事？沒關係，反正你就說看看吧。』

「在體育館後方，當我被清水同學道謝時，我覺得她看起來很可愛呢。」

『嗯嗯，然後呢？』

「應該說那種可愛是我至今為止從來沒感受過的……呃，並不是說原本不覺得清水同學可愛……我沒辦法好好表達清楚，但總覺得這和自己至今為止覺得清水同學可愛的那種感覺有點不同。」

無法用言語表達讓我著急，還是第一次這麼難以表達自己的心情。

『嗯，原來如此，原來如此。』

「俊也你知道什麼了嗎？」

『嗯……』

從手機傳來的只有俊也的沉吟聲。

「果然你也不知道呢。」

『不，我現在思考的不是那點……』

「怎麼回事？」

那麼俊也是在思考什麼事呢？

『該怎麼說才好呢……我大概知道大輝你對清水同學的感覺是什麼了。』

「真的嗎？那請你告訴……」

『只是那件事如果由我直接告訴你，總覺得似乎有點不對呢。』

「咦，為什麼？」

『啊！我當然不是想要對你使壞心眼哦。』

「那麼是為什麼呢？」

『你會這麼想很正常呢。所以我從剛才就一直在思考該怎麼說明那件事……可是很難啊。我的說明可能會有點難懂，你可以接受嗎？』

「嗯，可以哦。」

『謝啦～那我快速從結論說起，大輝你在午休會覺得清水同學可愛，我想是因為你的內心對清水同學萌生了全新的情感。』

「情感？」

『對，所以我想請你自己為那份對於清水同學的情感命名。』

「剛剛我也問過，你為什麼不直接告訴我那個真相呢？」

『因為我認為你面對那份情感的過程也是有意義的。』

我沒有從俊也說出這句話的聲音中感受到迷惘。

「你是指最好由我自己多加思考的意思？」

『簡單來說會是這樣呢。』

「這是我花時間就可以知道的事嗎？」

『嗯～誰知道呢？』

「俊也！」

我忍不住提高音量，因為希望他在這裡能肯定地對我說：「可以知道。」

『抱歉、抱歉。因為能不能接受得出的答案，只能由大輝決定呢。』

「可能是這樣沒錯啦。」

『不過沒問題的，雖然可能要花點時間，如果是大輝，肯定有辦法找到詞語來描述那份對清水同學的情感。』

「俊也……」

我還沒有自信能夠用言語表達這份對清水同學的情感，既然俊也這麼說了，那我可能總有一天辦得到吧。

「知道了，我決定自己再思考看看。」

『嗯，如果你感到煩惱時，我會聽你訴說的，到時不要客氣儘管說。』

「好，俊也，謝謝你。」

縱使無法立刻解決，幸好能和俊也聊這件事。當我這麼想時，俊也的聲音再次傳來。

『啊，我不能告訴你的理由還有一個哦。』

「什麼理由？」

『萬一是我想錯了，某個勢力可能會把我打得落花流水。』

「到底是怎麼回事啊！」

我在意得不得了，但俊也頑固地不肯說出更多詳情。

「大輝，來聊戀愛話題吧！」

自清水同學的告白騷動過了一週左右的某天放學後，我和平常一樣正要打道回府時，被俊也叫住了。最近俊也都沒聊起戀愛話題，還以為他已經膩了，看來並非如此。

「你不去社團活動沒問題嗎？」

「今天社團活動休息，沒問題！」

「那倒是可以聊。」

保險起見我確認周遭。除了我和俊也以外還有幾個人也留在教室裡，但看起來沒有人對我們的話題有興趣。坐在隔壁的清水同學似乎也正趴在桌上睡覺，應該不會聽到我們的對話吧。

「大輝，謝謝！那麼我來發表今天的主題！今天的主題是和喜歡的女孩一起參加社團！」

原來如此，一起參加社團啊。我是回家社，所以難以想到這個主題。只是感覺之前好像有稍微聊過類似的話題……

「之前聊過的戀愛話題，有聊過俊也你希望喜歡的女孩在足球比賽時幫自己加油吧？這次的主題也會變成在聊你想要做的事不是嗎？」

「確實如果是聊足球社會這樣沒錯。那這次就倒過來，以我要是也參加瀨戶同學加入的社團做為想像，來聊吧。」

「瀨戶同學是加入什麼社團呢？」

「這麼說起來，我好像沒提過吧，瀨戶同學加入的是……」

在俊也說完之前，教室後方的門猛然地打開了。

「圭、大輝學弟，你們兩位都在嗎～！」

站在那裡的毫無疑問就是清水同學的姊姊──清水愛學姊。

「你被她叫到了耶，大輝你和愛學姊有約嗎？」

「沒有約、沒有約。」

我橫向搖了好幾次頭，自那次騷動以來，我和愛學姊雖然有在走廊偶然遇見幾次，但不記得今天有和她做什麼約定。

當我還在混亂時，愛學姊已經走到我的座位近處，和我對上視線後露出了微笑。

「ＯＫ～你們兩位都在呢。大輝學弟接下來有空嗎？」

「愛學姊好，抱歉，我現在正在和俊也說話……」

當我這麼說明後，愛學姊將視線轉向俊也。

「俊也學弟……也就是說你是大輝學弟的朋友，松岡俊也學弟吧？」

「是的，妳連我的名字都記得耶！」

「當然啦！我可是超級非凡的學生會副會長啊！」

「那點和學生會副會長沒有關係吧。」

吐槽的聲音從沒有預期的方位傳了過來，我將視線轉向聲音傳來的方向，露出傻眼表情的清水同學正看著這裡，看來她似乎是被這場騷動吵醒了。

「看來圭也醒了呢！那麼圭、大輝學弟，我們走吧！」

「要去哪裡啦，而且本堂正和松岡說話說到一半吧。」

「原來是這樣啊！不過俊也學弟在這裡聊天沒關係嗎？」

「這是什麼意思呢？」

「因為今天不是輪到你當值圖書委員的日子嗎？」

「啊，糟糕！」

俊也的表情不一會兒逐漸變得鐵青，看來愛學姊說的是事實。

「抱歉，大輝，我忘記今天要當值圖書委員！我走了哦！」

「嗯，幸好你有想起來呢。」

「話題後續我們下次再聊吧。還有愛學姊，謝謝妳提醒我要當值的事情！」

俊也對愛學姊深深地行了一禮。

「嗯，無須在意。那女孩應該在等你，快去吧。」

「就這麼辦，那麼大輝，明天見了。」

「俊也，明天見。」

俊也就這樣慌忙地離開了教室。

「這麼說起來，愛學姊為什麼會知道俊也今天當值圖書委員的事情呢？」

「呵呵呵，我的助手，那是簡單的推理啊。」

「本堂什麼時候變成妳的助手了，還有妳為什麼有點得意洋洋啊？」

針對愛學姊的發言，清水同學立即吐槽。

「今天的吐槽也是銳利得恰到好處啊！真相是另一位輪值圖書委員的人是我朋友，之前就聽她說過今天要當值的事了。」

「原來如此，是這麼一回事啊。」

若是如此，她會知道俊也要當值圖書委員的事情也能說得通了。

「這樣你明白了嗎？那麼我重問一次，大輝學弟，接下來有空嗎？」

「如果不會到太晚，我沒問題。」

回家之後我預定要做晚飯，但時間也沒緊迫到非要立刻回家不可。

「那就沒問題，我想不會花上那麼多時間。那麼我們快點走吧！」

「等一下，妳也要問我有沒有事啊。還有至少說一下要去哪裡吧。」

「咦？圭妳應該很閒吧？而且目的地是到了之後再知道才有樂趣啊！」

這麼說完，愛學姊的左右手就分別抓住了我和清水同學的手臂。她幾乎沒有預備動作就抓住了我們，所以我連出聲的時間都沒有。

「那麼我為兩位帶路～」

「喂，放手，我又不是小孩，還有至少讓我帶著隨身物品去吧。」

愛學姊放開了我們的手臂，看來愛學姊有聽進清水同學的話了。

「確實帶著隨身物品過去比較好呢，我有點興奮過頭了。」

「妳到底打算做什麼啦……」

之後我和清水同學整理好隨身物品，與愛學姊一起離開了教室。

「到達目的地！」

離開教室大約過了幾分鐘，我們位於某個房間的門前。

「終於到了嗎，那麼要做什麼？」

「那件事就請裡面的人來說明吧！那麼開門嘍！」

伴隨這句話，愛學姊氣勢洶洶地打開門。我跟在愛學姊身後，畏縮害怕地進入房間。那間房間的中央有兩張長桌並排放著，椅子則是圍著桌子周遭擺放，而且房間裡有一位男學生正坐在椅子上。

「陽介，我帶他們過來了喔～」

「來了啊，妳應該有好好徵求同意後才帶他們過來吧……」

被稱為陽介的那位戴眼鏡的男學生，看來應該是愛學姊的朋友。仔細看他的臉，感覺好像曾在哪裡見過。

「那當然啦，他們兩位都很快就答應我了！」

「妳應該沒有徵求我的同意吧？」

「我聽見圭的心聲說可以。」

「妳的耳朵只聽得見方便妳行事的話嗎……」

她們兩位今天看來都是狀況絕佳。當我正想著這些時，陽介學長開口：

「愛和圭妳們先安靜，要是配合妳們的姊妹相聲，太陽就要下山了。為了說明情況，首先讓我稍微做個自我介紹吧。」

我對那位陽介學長的發言感到吃驚，會這麼說是因為在我們高中幾乎沒有人會直呼清水同學的名字，我想那代表著清水同學被許多學生所畏懼。對這位清水同學能夠正常直呼名字的陽介學長，可以想成他不只是愛學姊，也是清水同學的熟人。陽介學長和清水姊妹有著什麼樣的關係呢？

「大輝學弟確實不認識陽介呢，那就請你做個自我介紹吧！」

「嗯，我的名字是坂田陽介，三年級，目前暫且擔任學生會長一職。還有我和愛是孽緣的青梅竹馬。你突然被帶來這種地方想必很困惑吧，但還是請你多多指教了。」

總覺得好像在哪裡見過陽介學長，原來是因為他是學生會長啊。還有，他和愛學姊是青梅竹馬，就代表他和清水同學也有不淺的關係，想必他也十分了解清水同學吧。若是那樣，他直呼清水同學的名字這件事，我也能理解了。

自我介紹結束的同時，陽介學長深深地低下了頭，我也慌張地低頭行禮。

「你們都太拘謹了。又不是在相親，放輕鬆點吧！」

聽見愛學姊的這句話，我和陽介學長都抬起頭來。

「是妳過於放鬆了。」

「柔軟度是很重要的，圭。運動時才不容易受傷啊。」

「我不是說那個柔軟度（註：日文裡同時有柔軟和放鬆的意思）。」

「這樣談話又沒進展了，總之你們三位別站著，坐到空位上吧。」

「說得也是呢，來，你們兩位也坐吧、坐吧。」

愛學姊坐到位於陽介學長隔壁的椅子上後，清水同學隔著桌子坐在面對愛學姊的座位上，而我坐到陽介學長對面的座位上。

「那麼該從哪裡說起呢……本堂學弟聽愛說到哪裡了？」

「那個……我完全沒聽說任何事。」

陽介學長的抗議視線朝著愛學姊看過去。

「我有說過要妳大概說明一下了吧？」

「下次我會加油的！」

「就算妳這麼說，我也不記得妳有改善過……算了，那麼我從頭說起吧。」
陽介學長的視線從愛學姊身上移來我這裡。
「大輝學弟，你覺得這裡是哪裡？」
「咦？……這裡不是空教室嗎？」
「你當然會這麼想呢，不過稍微不太一樣。圭妳知道這裡是哪裡吧？」
突然被問讓我有點吃驚，於是決定直接說出所想的內容。
清水同學不知為何露出有些生氣的表情，稍微過了一會兒才開口：
「……是你們的社團教室吧。」
「叮咚～！答對了！這裡是我們天文同好會的社團教室！」
「天文同好會？」
我忍不住發出聲音，原來我們學校有那種同好會。
「你不知道也很正常，我們只有三個社員，是個不起眼的同好會呢。」
「話說，為什麼一開始不是創立天文社，而是天文同好會？」
清水同學說出了我也感到有些疑問的地方。
「關於那點我之後再說明，請稍等一下。我想先進入正題。」
「你們到底為什麼要把我和本堂帶來這裡啊？」
「那是因為想招攬你們兩位加入天文同好會。」

「為什麼有需要邀我和本堂？」
「理由大致可分成兩個。」
陽介學長的表情看起來變得比剛剛還要稍微認真，可能是切換成認真模式了吧。
「第一個理由是為了脫離廢社危機。現在這個天文同好會只有我和愛還有另外一位社員，共計三人登錄在籍。我和愛是三年級，第二學期結束後就得離開同好會。同好會的最低構成人數是兩名，照這樣下去，第二學期結束時天文同好會就會變成自動廢社的局面，我一開始也覺得這個局面是無可挽回的……」
「我不會允許的！只要我還有一口氣在，絕對不會讓廢社發生！」
「……而愛一直都這樣，我也覺得這裡是有深刻回憶的地方，現在也想盡可能讓這裡持續存在下去。」
「原來如此，那麼第二個理由是？」
「說到這個呢……因為我想要在學校屋頂做天體觀測！」
「啊？」
「咦？」
我和清水同學的聲音同時響起。話題跳得太快，我不太能理解。
「妳省略太多說明了，這樣完全聽不懂吧？」
「會嗎？那就請陽介好好地說明一下吧！」

「就算妳沒要求，我也打算好好說明。確實最終目標是在學校屋頂做天體觀測沒錯。」

「想做天體觀測，隨意去做就行了吧。和我們進到這個同好會有什麼關係啊？」

我也很在意這點，在屋頂做天體觀測和天文同好會要增加社員之間有什麼關聯呢？

「我照先後順序來說明。首先，要在屋頂做天體觀測，妳覺得需要什麼東西？」

「你問東西……不就是望遠鏡或者屋頂的鑰匙之類的嗎？」

「本堂學弟覺得呢？」

「我也覺得應該會需要屋頂的鑰匙吧。」

印象中我們高中的屋頂平常都有上鎖，學生基本上無法進入。

「沒錯，需要屋頂的鑰匙。那麼為了借到鑰匙，就需要得到屋頂的使用許可。」

「要是連這個都知道，那你就得到許可，去進行天體觀測不就得了？」

「事情沒有那麼簡單。屋頂的使用許可是不會交給個人或是同好會的。」

是那樣嗎，看來我們高中的屋頂比想像得還要更難進入。

「那不就只能放棄了嗎？」

「不，尚且還有辦法。雖然不會給個人和同好會許可，假如要辦社團活動，有可能得到許可。差別在於有沒有顧問老師……有沒有大人當負責人吧。」

「這是怎麼回事呢？」

「如果還是天文同好會，就沒辦法到屋頂上做天體觀測，不過要是成為天文社，就有可能辦到。」

「有辦法讓同好會變成社團嗎？」

「有的，我們高中只要有五名以上的社員以及顧問老師，就能被承認是社團。不過正確來說，除此之外還需要活動場所和活動目的等各種事項。」

聽到陽介學長的話，我終於開始理解招攬我們的理由了。

「也就是說，為了讓天文同好會變成天文社，還需要另外兩名社員，為此才會希望我們入社嗎？」

「大致來說就是這樣呢。顧問老師已經有候補人選了，只剩下社員不足的問題。所以為了此處的存續，也為了能到屋頂做天體觀測，希望你們兩位務必加入我們社團。」

「陽介，謝謝說明！兩位都明白招攬你們的理由了嗎？」

「是的，我大致上了解了。」

「算是了解了。」

「那麼你們有問題要問嗎？在我能回答的範圍內，都會回答哦。」

「那我可以提出一個問題嗎？」

如果要加入社團，我有件事必須得先確認才行。

「可以哦，你問吧。」

「我平日不能在學校待到太晚，這樣沒問題嗎？」

平日我的雙親因工作經常會晚歸，晚飯都是我煮的。家裡如果只有我，晚點再吃晚飯也沒關係，但是我家還有妹妹輝乃在。為了輝乃，晚飯時間想盡可能不要太晚。

「那件事不用擔心，因為我們社團沒有明確的活動時間。可以在喜歡的時間來，在喜歡的時間離開。實際上我和愛由於學生會的活動也經常不在，另一位社員也會因為要去委員會而有幾天不來社團。今天那位不在也是因為有委員會工作的關係哦。」

「原來如此……若是那樣我想沒問題了。」

回家時間如果不會很晚，那我也沒有特別需要拒絕的理由。

「喂，那麼輕易就決定真的好嗎，還沒問到重點吧？」

「重點？」

「放學後你們都在這裡做些什麼啊，不可能老是在做天體觀測的準備吧？」

「啊！」

確實還沒有仔細問過活動的內容。我一直下意識地以為是要學習天文相關的事情，其實不是嗎？

「那、那個嘛……」

陽介學長動搖了。感覺似乎不是我以為的活動內容。

「那麼就讓我來代替他回答吧！天文同好會是個能把各種真假虛實的事情，和其他社員們歡樂暢談的休憩場所！也就是所謂的現代桃源鄉！」

簡單來說，天文同好會的活動內容就是……

「也就是說，平常這裡是替代休息場所，漫無目的地閒聊而已不是嗎！」

「可能也有人會這麼解讀呢……」

從愛學姊沒有否認的這點來看，似乎就和清水同學說的活動內容符合呢。

「不論是哪種，事到如今我沒有加入社團的想法。要是話說完了，我要走了。」

清水同學一站起來，愛學姊也跟著站了起來。

「等等啊，圭！妳再稍微聽我說一下！」

「什、什麼啦。就算妳想說服我也沒用的。」

「妳要是不聽我這番話，會後悔的哦。」

「……真是討厭的說法耶。不過既然妳都說成這樣了，我就聽妳說吧。」

「明智的判斷，那麼請到我這裡來。」

如此說道的愛學姊走到門前，在那裡駐足。

「在這裡說不就得了？為什麼還得特地移動位置啊？」

「要我在這裡說也沒關係啦。不過我想如果那樣做，圭妳應該會覺得困擾哦。啊，假如妳可以接受，我就在這裡說吧？」

愛學姊站在門前，臉上浮現壞笑地直盯著清水同學看。面對這幅光景，清水同學瞪著愛學姊看，卻似乎沒有效果。

「如果不是什麼重要的內容，我可不饒妳哦。」

「這點請不必擔心，我保證絕對是會對圭有好處的情報哦。」

聽見這句話，清水同學和愛學姊一起往外面走去，消失了蹤影。然後社團教室裡只剩下我和陽介學長。

當我煩惱著該說些什麼話題才好時，陽介學長先開了口：

「對了，我之前就有件事想說，可以說嗎？」

「好、好的。」

今天才初次見面，他卻從之前就有事想對我說，會是什麼內容呢？我想像不出來所以有些緊張。

「圭的事，我要謝謝你。」

這麼說完，陽介學長深深低頭行禮。

「那是指什麼事？應該說，我沒有印象自己有做什麼值得被道謝的事……」

陽介學長緩緩地抬起頭後，又再次接著說道：

「不，本堂學弟你做了值得被道謝的事哦。還記得之前圭被麻煩的傢伙告白時的事吧？」

「啊！」

這麼說起來，愛學姊之前來教室時，有提到她和她的青梅竹馬一起在找清水同學，那位青梅竹馬原來就是陽介學長。

「要是本堂學弟沒找到圭，還不知道會發生什麼事。我還沒為你當時的義舉道謝，所以想著等到有機會和你說話時，要直接向你道謝。」

「……原來是這樣呢。那麼也請讓我道謝。」

「咦，你是為什麼而道謝？」

「對我來說清水同學是重要的人，謝謝你在那個午休也一起尋找清水同學。」

陽介學長露出打從心底感到訝異的表情。

這次由我對陽介學長低下了頭。

「啊，本堂學弟請抬起頭來！我只是幫忙愛而已！而且對我來說，圭就像是妹妹一樣，會擔心她也是理所當然的。」

「你是把清水同學當成妹妹看待嗎？」

我抬起頭來，同時忍不住將疑問說出口。

「圭也是我的青梅竹馬啊。那傢伙就像是萬年處於反抗期的妹妹。所以我為這樣的圭身邊有你的存在而感到高興。」

「我只是經常和清水同學聊天而已哦？」

「對那傢伙來說，光是身邊能夠有位無話不談的同學在，就是很寶貴的存在了喔。」

「是嗎……那就好。」

「啊，所以如果本堂學弟不討厭，請你接下來也和那傢伙好好相處。」

陽介學長的眼神看起來充滿溫柔。

「好的！」

「很好，那麼道謝的事就說完了呢，然後有件事想請問本堂學弟……」

「是什麼事呢？」

「剛剛你說過圭是你重要的人，那是……不，抱歉，這個問題就當我沒問過吧。之後要是被愛和圭發現我問過你，感覺挨罵也不足以平息她們的怒氣。」

「咦？好，我明白了。」

陽介學長是想問我什麼呢？不過既然本人取消提問，那我就不會追問。

「話先說在前頭，不論是以什麼樣的形式，我都會幫本堂學弟加油哦。」

「謝謝你？」

陽介學長是想為我在哪方面加油呢？完全沒有頭緒，但確實覺得有信心了。

那樣的陽介學長不知何時將視線從我身上移到門的方向。

「話說回來，愛和圭還沒回來呢。似乎在說服圭上花了許多時間。」

「似乎如此呢。」

「啊！」

「怎麼了嗎？」

「我一直錯過詢問的時機，本堂學弟你決定要加入天文同好會了嗎？」

這麼說起來，因為發生很多事，我還沒有明確傳達要不要加入社團。

「是的，如果早點回家也沒關係就沒問題，感覺也很有趣，所以想請你們讓我加入。」

「哦哦，謝謝你！這樣一來至少能以同好會的形式繼續存留到第二學期結束以後了。之後能不能變成天文社，就要看圭的決定。」

「如果清水同學也能加入社團會很開心呢。」

「我覺得假如能由本堂學弟跟圭這麼說，她就會加入呢……不過現在就稍候一下吧。」

「你說得是呢。」

就這樣我和陽介學長決定開始閒聊。

「那麼妳想說什麼啊？」

我和愛站在天文同好會社團教室前的走廊上。因為無人經過，所以應該不需擔心會有人聽見談話內容吧。

「在說那件事之前，妳為什麼不願加入同好會呢？這和說好的不一樣啊！」

「妳不要說得好像之前我們談過一樣，這是我今天才第一次聽到的事吧。」

「呃，那個……是那樣沒錯啦。不管那個了，這次是個好機會啊！」

「什麼的機會啊？」

「和大輝學弟更加縮短距離的好機會啊！假如增加在同一個地方兩人相處的時間，那麼相應地加深感情的機會應該也會增加。而且如果你們倆一起體驗天體觀測，親密度肯定也會急速上昇的！」

看來愛想說的是加入同好會，以及做天體觀測對我來說都是有好處的。

「就算妳這麼說，其實是自己想在屋頂上做天體觀測而已吧。話說回來，為什麼妳會想特地到屋頂上做天體觀測啊？如果是其他地點，不需要花費這麼多工夫也能做吧？」

「呵呵呵，既然被妳發現，那就沒辦法了。雖然我這麼說，但剛剛說的話並不是謊言哦。因為最近收到了某個情報哦！」

「某個情報？」

「沒錯，如果能在我們高中的屋頂上做天體觀測，戀情會開花結果的這個情報！」

「……那種無聊的情報是從哪裡得來的啦！」

至少我沒聽說過這種事。雖然打從一開始基本上我就沒有機會從本堂口中聽到那方面的情報。但那個本堂也不太會去說人家的閒話，所以在這所高中裡說不定沒有人像我這樣和閒話離得這般遠。

「情報來源我通常會保密，這次就特別公開告訴妳吧！是我朋友的朋友的姊姊說的！」

「虧妳還真能相信那個情報來源啊，那道關係幾乎已經是陌生人了耶。」

「我相信啊。因為試著聊過之後，她是個好人呢。」

「妳是直接去找她聊天的嗎？為什麼妳會有機會去和朋友的朋友的姊姊聊天啊？」

我忍不住吐槽了，但如果是愛，會讓人覺得她就算有機會也不奇怪，這正是這傢伙的可怕之處。

「也是發生過許多事呢。然後依照那個人的說法，從前在我們高中的屋頂上，天文社曾經做過天體觀測。當時沒發生任何事，但問題是在那之後，天文社社員的戀情一個一個都開花結果了。就在屋頂上做過天體觀測之後！從那以後這件事成為傳說，在天文社社員之間代代相傳下去……」

「從連天文同好會成員的妳都不知道的時間點起，那個傳說就沒被代代相傳了吧？」

「真是的，那種小地方就不用管了嘛！我不得不相信這個傳說！能讓圭的戀情開花結果的大好機會到來了哦！」

「什麼大好機會啊，那種傳說只是偶然吧。真是的……認真聽妳說這些的我是吃錯什麼藥了。」

為了拿隨身物品，我正打算回到天文同好會的社團教室裡時，愛用力地抓住了我的肩膀。

「什麼啦，我這次真的要回家了。」

「圭小姐，妳已經忘記來到這裡的理由了嗎？」

來到這裡的理由？這麼說起來，記得她好像說過有件事我要是不聽的話會後悔。

「妳還有什麼事沒說的嗎？就算妳說出來，我也不會改變心意哦。」

「不，圭的心意肯定會三百六十度大轉變的。」

「那樣反而不會變吧，要轉一百八十度。」

「那正是我想說的話哦，那麼我想說的是第三位社員的事。」

確實在剛剛的談話中，陽介提到社員有三名，那位社員是什麼樣的人物呢，關於這點幾乎沒有情報。

「然後妳是想說那位社員怎麼樣呢？」

「那位社員呢……竟然！沒想到是！」

「快點說，不然我要回去了。」

如果是電視節目，照這個流程感覺會突然插播廣告。

「第三位社員竟然！是二年級的女生！」

「……那又怎麼樣啦？」

為何僅憑第三位社員是女生，愛就覺得我會接受招攬呢？

「咦，我都說到這裡了妳還不懂嗎？圭小姐如果照這樣不加入天文同好會，說不定會陷入危機哦？」

「這是什麼意思？」

「由大輝學弟剛剛的反應看來，我覺得他會加入社團哦。然後我和陽介在第二學期結束時會含淚引退，這樣一來會變成怎麼樣，圭也知道吧？」

「……天文同好會就會變成只有那個女生和本堂兩個人嗎？」

「妳說對了。隨著兩個人一起進行社團活動，漸漸地拉近精神上的距離，最後會……這種事也並非不可能吧？」

「唔！」

確實不能說沒有這可能。雖然不知道對方是什麼樣的傢伙，但在日復一日的相處中，對方察覺到本堂的優點，進而喜歡上他，這也是有可能的。

「要是圭也加入同好會，便能夠隨時確認他們兩個人的狀態，而且妳與大輝學弟的距離也能愈來愈接近，可說是一石二鳥喲！」

「能一石二鳥的是能夠免於廢社危機，又能在屋頂做天體觀測的妳吧！」

「也有這樣的思考方式呢，那妳打算怎麼做？不加入同好會嗎？」

「咕嗚嗚……」

愛臉上浮現像是小流氓般的笑容，要讓事情順她意實在非我所願，但我開始覺得進入同好會對自己來說也是有比較多好處的。

「……我們走吧。」

「圭妳那個表情是……我明白了，我們回社團教室吧。」

我決定和愛一起回到天文同好會的社團教室。

※　※　※

當我和陽介學長閒聊到一半時，社團教室的門開了。我朝門的方向看過去，是清水姊妹進入了社團教室，看來她們已經談完了。

「我們回來了～你這邊如何？」

「我這邊是大輝學弟決定要入社了哦。」

「哦哦！大輝學弟，謝謝你！往後請多指教嘍！」

「好的！」

「那麼妳那邊怎麼樣了？」

「請圭小姐發表結果！」

「……我也決定要加入天文同好會。」

清水同學的表情看起來不知為何有點不服氣，她和愛學姊到底聊了些什麼呢？

「這樣新天文同好會，不，是天文社盛大誕生啦！」

「為了正式被認定為社團活動，需要填寫許多文件並得到許可才行，得花一些時間呢。」

「那個就由我們一起加油吧！即便如此，在屋頂上做天體觀測這件事也化成了現實！」

「你們兩位都能入社真是太好了。若非如此，就做不成天體觀測了。」

陽介學長的發言讓我感到有些疑問。

「你們沒有預定要招攬其他人嗎？」

「關於這點呢……其實天文同好會的另一位社員是位稍微有些怕生的人……那位說ＯＫ的只有你們兩個人而已哦。」

「也就是說，那個女生是我們認識的人嗎？」

「是啊。為了讓你們嚇一跳，我一直隱瞞，不過已經可以說出她的名字了吧。那個人的名字是……」

聽到門打開的聲音，我將視線往那裡移過去。

「哎呀，說人人到呢，妳今天應該要去委員會吧？」

「松岡同學說他要彌補遲到，所以剩下的工作交給他做就好，我才能早點過來的。那邊的兩位是客人嗎？」

「超乎妳意料哦，雖然是剛剛才決定的，這兩位是全新的天文同好會的成員哦！我想妳已經認識他們了，還是做個介紹吧。這邊是圭和大輝學弟，然後這邊是……」

站在門前的短髮女孩確實是我們認識的人物。

「……小澪！又酷又可愛的我們的學妹！」

叫做小澪的那個女孩，全名是瀨戶澪。這女孩是我和清水同學的同班同學，也是俊也的意中人。

「瀨戶，另一位社員原來是妳啊……」

經過愛學姊介紹瀨戶同學後，最先開口的是清水同學。

「是、是的。」

「小澪，不用那麼緊張也沒關係。圭不會沒有理由就咬人的。」

「別把我說得像是有理由就會咬人，又不是狗。」

清水同學瞪視著愛學姊，但似乎不太有效果。

「圭也同時擁有小狗的可愛之處呀，這不是很好嗎。不過算了，難得全員到齊，來做點什麼嘛！」

「我要回去了。」

「咦咦，太早了吧？在這裡再待一下啦。」

「妳的目的已達成了吧。今天已經沒有繼續留在這裡的理由，我要回去了。」

「怎麼這樣啦，大輝學弟也想和圭待在一起對吧？」

「是、是的。」

突然被叫到名字，我反射性地肯定，反正沒有說謊，還行吧。我看向清水同學，有一瞬間我們視線相對了，但她立刻就撇開眼睛。

「反、反正我從明天開始也會再來這裡，這樣就行了吧！再見。」

說完這句話，清水同學就拿起隨身物品，迅速地離開了社團教室。

「圭，走掉了呢。」

「是我害的？」

瀨戶同學的語調沒有變化，但神色看起來比剛才還要萎靡了些。

「不是小澪的錯哦。就算妳沒來，我想圭她也會直接回去的。」

「是啊，所以妳不需要太在意哦。」

「……我知道了，就這麼想。」

儘管由瀨戶同學的表情相當難以看出她正在想什麼，不過感覺她並沒有那麼嚴重地消沉。

「接下來妳也有機會在這裡遇到圭吧，到那時再跟她聊天！」

「嗯，就這麼辦。」

「很好，那這件事說完了呢。愛，走吧。」

「你說走吧，是要去哪裡？」

愛學姊愣住了，心裡似乎沒有底。

「當然是學生會室啦。我們是延後一些工作，先來到這裡的，再不走就糟了。」

「我完全忘了！確實再這樣翹班下去，不能當學弟妹的好榜樣！」

這麼說來，陽介學長和愛學姊是學生會會長和學生會副會長，他們兩位都為了學生會的工作而忙碌著吧。等我察覺時，陽介學長和愛學姊正打算走到走廊上。愛學姊轉頭面向我和瀨戶同學並開口說道：

「我想我們今天已經不會再回來這裡，小澪和大輝學弟之後就拜託了！那麼再會！」

「喂！學生會副會長不要在走廊上奔跑！兩位抱歉，我和愛今天不會再回來，所以後續就拜託你們了，再見。」

陽介學長說完這些之後，就快步追在愛學姊身後離去了。

「學長姊們都走掉了……」

「愛學姊和陽介學長都很忙呢。」

他們三人離去之後，還留在天文同好會的只剩我和瀨戶同學兩個人了。

「怎麼辦，瀨戶同學，我們也回去嗎？」

「……稍等一下。」

「怎麼了嗎，瀨戶同學？」

「想請你稍等一下。」

「可以啊，妳有什麼想做的事嗎？」

「嗯。」

對於瀨戶同學想做什麼事，我沒有頭緒，但既然她說有想做的事，同樣身為天文同好會的社員，我想協助她。

「那麼瀨戶同學想做的事是什麼呢？」

「……希望你陪我商量。」

「商量？」

「沒錯。」

「那是沒問題，但對象是我可以嗎？」

「這是什麼意思？」

「因為商量對象一般都會找親近的人吧？我在想妳找了幾乎沒說過話的我來當商量對象，真的可以嗎？妳找像愛學姊的對象來商量，不是更好嗎？」

「我之前曾找愛學姊商量過，但她岔開話題了。而且沒問題，愛學姊說過本堂同學是位非常好的人。」

「愛學姊……」

愛學姊之前是怎麼對瀨戶同學描述我的呢？

「而且本堂同學你是松岡同學的朋友，最適合當我這次的商量對象。」

沒想到會在這裡聽到俊也的姓名，所以說這次的商量和俊也有關嗎？

「本堂同學？你在發呆，怎麼了呢？」

「啊，抱歉。」
「那麼你願意聽商量的內容嗎？」
「……好，既然瀨戶同學說我可以。」
經過一番煩惱之後，我決定接受當她商量的對象。我也想助瀨戶同學一臂之力，而且說不定也能稍微探聽到瀨戶同學對俊也是怎麼想的。
「謝謝你，本堂同學。那麼，首先來說一下我在意的人的事情。」
「噗！」
我忍不住發出聲音。如果我的耳朵正常，似乎聽到了意想不到的話。
「本堂同學，你還好嗎？」
「抱歉，我嚇了一跳。妳繼續說。」
「嗯，那麼我繼續說我在意的人的事情。啊，很抱歉，名字得保密。」
「我知道了。」
「那個人是比我的身高還高的男生……」
看來瀨戶同學是要告訴我她意中人的特徵。首先是身高，瀨戶同學在女生之中，身高也不算高，男生大部分都比瀨戶同學高。為此她喜歡的人還沒辦法縮小範……
「和我同樣是圖書委員……」
「咦？」

「怎麼了嗎？」

「抱歉，沒什麼。妳繼續說。」

我忍不住發出聲音。要是沒聽錯，瀨戶同學確實說她喜歡的人是圖書委員。擔任圖書委員的男生一班只有一人，在全校中人數並沒有那麼多。這個時候，瀨戶同學的意中人一口氣縮小了範圍。

「知道了，我繼續說。然後那個人從去年開始與我同班……」

「……瀨戶同學？我可以插句話嗎？」

「這次是怎麼了？」

「雖然是我的推測，那個人該不會有加入足球社吧？」

「……本堂同學其實是超能力者嗎？」

「哈哈哈……」

我當然不是。和瀨戶同學還有我從去年開始同班的圖書委員只有一位。

「瀨戶同學都告訴我這麼多了，我當然會知道妳在意的人是俊也啊。」

「原來如此，本堂同學是名偵探……」

「不，只要認識俊也，我想不論誰都會知道哦。」

而且剛剛她說過，因為我是俊也的朋友所以最適合當商量對象，這點也是決定性的證據之一。我在教室幾乎不曾與瀨戶同學說過話所以一直都不知道，她可能相當天然呆。

「既然你已經知道，那就沒辦法了。對，我在意的人是松岡同學。」

如此表露心跡的瀨戶同學的臉，看起來比剛剛稍微染上紅色。

「原、原來如此呢。」

聽見瀨戶同學的發言，我也終於忍不住感到動搖，這是因為我得知俊也的心意不是單相思的關係。瀨戶同學也對俊也有著不少的念想。要是俊也聽到這個事實，感覺他會喜極而泣呢。

不過瀨戶同學是信任我才對我說的，我不會直接告訴俊也本人。

「所以瀨戶同學對俊也是什麼樣的在意呢？」

「……要用言語表達有困難。我可能沒辦法順利說明清楚，可以嗎？」

「沒關係的。」

「謝謝你，本堂同學。首先我對松岡同學……」

簡單地說，瀨戶同學開始注意到俊也的起因是在當值圖書委員時，俊也主動找她說話。瀨戶同學一開始保持冷淡以對，但俊也百折不撓地持續找她說話後，一年級的秋天時他們變得能正常地交談。然後那時瀨戶同學當班時，變得會期待和俊也兩個人一起待在圖書館的時間。升上二年級之後，兩人也繼續擔任圖書委員，關係並沒有大幅的改變。只是瀨戶同學最近有了一個煩惱。

「……想著俊也的時間變多了是吧？」

「對，我不知道為什麼老是想著松岡同學，感到很煩惱。」

「原來如此。」

「然後愛學姊說，如果我真那麼煩惱，就試著找本堂同學商量看看吧。」

話雖如此，為何商量對象會指定找我呢，之後再問問愛學姊吧。只是在詢問愛學姊之前，有件事得先問瀨戶同學。

「那個啊，我有件事想請問，瀨戶同學到目前為止有將這個戀愛話題說給別人聽過嗎？」

「……我有聽朋友聊過戀愛話題，但從沒說過自己的。」

「那是為什麼呢？」

「因為我不明白喜歡上別人的感覺。」

「原來如此……」

瀨戶同學對於自己對俊也是什麼樣的感情，似乎無法順利地用言語表達。

「……本堂同學，可以問你一個問題嗎？」

「嗯，要是我能回答出來。」

瀨戶同學想問我什麼呢，老實說完全預想不到。

「你覺得我喜歡松岡同學嗎？」

「咦？」

瀨戶同學對我丟出了意想不到的問題。

「為什麼會問我呢？」

「愛學姊要我試著找本堂同學商量看看，所以我想如果是本堂同學，說不定有辦法了解我的心情吧。」

瀨戶同學的表情幾乎沒有變化，她正在想什麼，我到現在都還不是很清楚，但她的眼神非常認真。既然瀨戶同學認真發問了，我也得認真回答才行。

「……瀨戶同學妳喜不喜歡俊也，我無法肯定斷言。我還不曾戀愛過，所以不清楚從何時開始才能說是戀愛。」

「是嗎……」

「只是就我所聽到的，對瀨戶同學來說，我想俊也肯定是一個重要的存在。」

「是這樣嗎？」

瀨戶同學慢慢地歪了歪頭。看來她似乎沒有自覺。

「如果妳覺得俊也無關緊要，就不會一直想著他了。」

「……原來如此，你說得有理。」

「妳會覺得俊也重要的那份心情是否為戀愛，我不是很清楚。」

瀨戶同學用右手抵著嘴邊，沒有動作，應該是在細想我說的內容吧。

「謝謝你，本堂同學。看來我是將松岡同學當成重要的人了。」

「能夠成為妳的參考，真是太好了。」

「只是這份感情是戀愛嗎，我還不明白。因此還有另一件事想拜託本堂同學。」

「什麼事呢？」

由於瀨戶同學的表情沒有變化，她比我遇過的任何人都更難猜想到要拜託的事。

「請你之後也陪我商量戀愛話題。」

「可以是可以，但為什麼呢？」

「聊戀愛話題能夠更加了解戀愛。這樣一來，我覺得說不定就能明白自己對松岡同學的感情是不是戀愛了。」

「找我當商量對象可以嗎？」

「因為本堂同學認真地回答了我的問題。而且你很了解松岡同學，很容易就能和你聊關於松岡同學的事。」

「……我知道了。如果妳覺得我可以，那就一起聊戀愛話題吧。」

雖然只聊過一些，但瀨戶同學似乎是真的很煩惱，我想成為她的助力。

「謝謝你，那麼之後也要請你多多指教了。」

如此說道的瀨戶同學低頭行了一禮。

「請多指教。」

我也低頭回禮。數秒後抬起頭時，正好瀨戶同學也已經抬起了頭。

「那麼接下來要做什麼？繼續聊戀愛話題？還是說今天就到此為止了？」

「稍等我一下哦。」

我從背包中拿出手機確認時間，這麼一看才發現時間過得比想像得還久。差不多該回家準備晚餐了。

「抱歉，我還有事，明天再繼續也可以嗎？」

「沒問題。」

「謝謝，那明天再繼續聊戀愛話題吧。」

「嗯，明天再聊。」

我揹起背包，瀨戶同學向我揮手道別，便離開了天文同好會的社團教室。

隔日放學後，我再次來到天文同好會的社團教室。敲門進入後，發現裡面除了瀨戶同學，還有另一位社員在。雖然那個人趴在桌子上，看不清她的臉，但那頭漂亮的黑長髮讓我除了清水同學以外想不到其他人。

「瀨戶同學妳好，清水同學她該不會睡著了吧？」

「嗯，我來時她已經睡著了。」

「這樣啊。」

她應該是放學後立刻來到這裡的吧。確實我記得離開教室時，清水同學已經不在了。她會這麼快就睡著，應該是因為上體育課很累的緣故吧。

「愛學姊和陽介學長會晚點來嗎？」

將背包放在桌上後，我坐在位於瀨戶同學身邊，清水同學對面的椅子上。

「愛學姊有發聯絡給我說她有事會稍微遲到，我想他們會晚點來。」

「謝謝妳告訴我。那麼今天直到他們兩位來為止，我們要……」

「當然是繼續昨天的事。」

瀨戶同學接話接得相當快，她應該是很想聊戀愛話題吧。還有不知為何感覺應該睡著了的清水同學的身體有一瞬間震了一下。

「清水同學說不定會醒來，沒關係嗎？」

「這不是被聽到會困擾的事情，沒關係。本堂同學覺得不行嗎？」

我自身沒有什麼被清水同學聽到會感到困擾的事情。瀨戶同學自己也說沒問題，那應該沒有需要阻止的理由。

「……既然瀨戶同學這麼說，那我也可以哦。」

「謝謝你，本堂同學。」

「那麼今天要來聊什麼呢？」

「昨天回去之後，我在家裡有研究過，可以由我決定聊天內容嗎？」

「嗯，好啊。」

雖然我說好，但沒想到她會針對戀愛話題做研究。瀨戶同學在家裡到底是做了什麼呢？

「今天的戀愛話題主題是喜歡的異性髮型。」

「髮型？」

「對，男生會為了這種髮型感到怦然心動之類的，我想問這方面的事。」

從瀨戶同學口中說出怦然心動這個詞讓我有些吃驚，而且要聊髮型嗎……

「我覺得喜歡的髮型在男生間也是因人而有很大的差異哦。」

例如同樣身為男生，我喜歡長髮的女孩，俊也喜歡短髮的女孩。不過以俊也來說，他是因為瀨戶同學是短髮，才會說他偏好短髮啦。

「是嗎……本堂同學喜歡哪種髮型呢？」

「我喜歡長髮吧。」

「原來如此，那麼你喜歡什麼樣的髮型呢？」

「咦？我已經說喜歡長髮……」

「那是由長髮或短髮的二選一中，選出你喜歡長髮。而我想問的是喜歡的髮型。」

我終於理解問題的用意，我的回答和問題似乎有些偏差。

「抱歉還讓妳問我，但我對女生的髮型不是很清楚呢。」

「……我知道了，有解決辦法，稍等一下。」

如此說道的瀨戶同學從座位起身，邁步走向社團教室中的某個書架。

「愛學姊確實是放在這裡……找到了。」

瀨戶同學從書架上拿來一本雜誌，坐回原本的座位。

「這是愛學姊放的時尚雜誌，這裡面可能會刊登本堂同學喜歡的髮型的女孩子。」

我從瀨戶同學手中接過時尚雜誌，花費數分鐘翻閱之後，對某一位髮型模特兒莫名地留下印象。

「……我覺得這位模特兒的髮型好看。」

我指了時尚雜誌中覺得喜歡的模特兒給瀨戶同學看。

「原來本堂同學喜歡公主頭呢。」

「這種髮型叫做公主頭啊。」

我重新看向時尚雜誌，那上面刊登著部分頭髮向後綁起的某位模特兒。

「為什麼你會覺得這種髮型好呢？」

「呃，我其實喜歡清純的女生，妳不覺得公主頭髮型有種清純的感覺嗎？」

「……聽你這麼一說，看起來可能是這樣。本堂同學要是實際見到這種髮型的女生，你會心跳加速嗎？」

「不到那時我不知道呢，不過我應該會注意她。」

桌子再次稍微搖動。我反射性地看向清水同學，但並沒有什麼變化。我暫且安心下來，將視線轉回時尚雜誌。

「我早上起不來，光是起床來學校就很辛苦了。能夠從早上就花時間在這樣的髮型上，我覺得這樣的人真的很厲害啊。」

「原來如此，本堂同學會對打理髮型的女孩子抱持敬意，值得參考。」

這麼說完，瀨戶同學將不知何時拿出來的便利貼，貼在打開的書頁上。

「妳為什麼要貼便利貼？」

「我想先記起來。」

話說到一半，傳來了門用力打開的聲音。我面對門的方向，那裡站著愛學姊。

「哦哦，圭和大輝學弟都來了呢！清水愛，雖遲但到！」

「愛、愛學姊好！」

「謝謝你的問候，大輝學弟。哎呀，圭已經到睡覺覺的時間了嗎？」

大概是聽到愛學姊的聲音，清水同學慢慢地起身。

「圭，原來妳醒著啊。」

「我是被妳的聲音吵醒的啦！稍微放低音量吧。」

「怎、怎麼會，妳是要我封印為數眾多的優點之一的大音量嗎？」

「妳的優點並沒有那麼多，而且大音量不能算是優點。」

「沒那種事對吧，小澪？」

「……我保持沉默。」

「小澪！妳這時保持沉默，幾乎就是肯定了哦！」

雖然無法從表情看出來，瀨戶同學似乎也有自己的想法。

「大家都好過分！大輝學弟不會說那種話的對吧？」

「是、是的。」

「妳看妳們兩個，大輝學弟說我的聲音大到足以聽清楚，是不論何時聽聞都不會厭煩的美聲哦！」

「不要做立刻就會被拆穿的捏造。還有本堂你不要縱容愛啦。」

「不過關於我美聲的討論就到此打住吧，今天要說這個！」

清水同學狠狠地瞪視我。

愛學姊拿出兩張文件，文件的上方寫著入社申請書。

「寫入社申請書是沒問題，但同好會真的會變成社團活動嗎？」

「這點不用擔心，我和陽介兩人一起調查過，幾年前好像也有過類似的案例。這次的社員人數和顧問老師都已經確保，只要之後再遞交文件就能順利地昇格為天文社了。」

「要是能那樣就好呢。」

「而且要是有問題，我就用學生會副會長的權限做點什麼，呵呵呵……」

這麼揚言之後，愛學姊的臉上浮現壞笑。

「不要濫用職權。」

「我開玩笑的，有一半是開玩笑的喔。」

「真的嗎？」

她看起來有一半以上是認真的，應該不只有我這麼覺得吧。

「真的啊，總之今天想請圭和大輝學弟寫入社申請書，然後由我遞交上去。之後會由我和陽介進行必要的細部工作。你們在寫入社申請書的時候，如果有不懂的地方就問我哦。」

「我知道了。」

結果這一天我填寫完入社申請書之後，我們直到回家前都一直以愛學姊為中心閒聊著。

隔天早上，我到教室後發現了一件事。

「咦，清水同學還沒來耶。」

如果是高中一年級時的清水同學，遲到也不稀奇，但最近她經常比我還先到學校。清水同學是發生什麼事了嗎？正在為她感到擔心時，傳來了開門聲，隨即便聽到逐漸接近的腳步聲。

「清水同學早安……」

「呃、哦。」

我無法言語。腳步聲的主人是清水同學，更正確地說，是將部分頭髮向後綁起來的清水同學。她今天的髮型和我昨天看過的時尚雜誌模特兒是一樣的髮型。

「妳的髮型和平常不一樣耶。」

「是啊。」

清水同學坐到座位上。為何今天的清水同學特別改變了髮型呢？

「你為什麼一直盯著我看啊？」

「啊，抱歉。」

由於感到在意，所以無意識間似乎一直盯著清水同學看了。

「你不用道歉也沒關係哦……果然不適合我嗎？」

清水同學沒有自信地這麼喃喃說道。

「沒那回事。妳給人和平常不一樣的感覺，我覺得很可愛哦。不，比起可愛，應該說是漂亮吧。」

「什……！我沒要你說到這種程度吧！」

雖然不知道緣由，但清水同學似乎感到動搖，她的聲音比平常還要大聲。

「話說回來，今天為什麼難得地改變髮型了呢？」

「呃！那是因為……我一時興起啊。」

這麼主張的清水同學不知為何不和我對上眼睛。

「原來是這樣啊，妳的髮型和平常不一樣，我嚇了一跳耶。」

「這、這種程度很正常吧。」

早上班會時間的預備鈴響起，班導湯淺老師進入了教室。儘管我想再聊一下，但看來已經沒時間了。

「那麼今天也請清水同學多多指教了。」

「……哦。」

「咦，今天清水同學也還沒來呢。」

清水同學把髮型改成公主頭的隔天，我像平常一樣到校後，發現清水同學今天也還沒來學校。我到達教室又經過大約五分鐘後，清水同學出現在教室。

「清水同學，早安。」

「嗯。」

清水同學和昨天一樣將頭髮綁成了公主頭。

「今天妳的髮型也是公主頭呢。」

「哦。」

清水同學坐到座位上。當我正從背包中尋找放有今天要交的功課的資料夾時，感覺到某種視線。確認周遭，確定了視線的主人是清水同學。

「清水同學，怎麼了嗎？」

「不，什麼事都沒有……」

清水同學和她說的話背道而馳，莫名有點坐立不安。只是不知道該怎麼向她搭話才好。

「妳有什麼話想對我說嗎？」

「該說是有想說的話呢，還是有希望你對我說的話呢……」

清水同學輕聲低語的這句話，我好不容易才總算聽清楚。

「妳希望我對妳說什麼呢？」

「被你聽到了……那、那是……」

「那是？」

「……什麼都沒有。班會時間差不多要開始了哦。」

「呃、嗯。妳說得對。」

結果，我不知道清水同學想要我對她說什麼，話題就結束了。

又隔一天。當我到達教室時，清水同學的座位上已經坐著一位女學生。於是我從後方向她打招呼。

「早安，清水同學？」

「為什麼你用疑問句啊。」

「妳的背影和平常不一樣，我有點沒自信……」

今天的清水同學和昨天又不一樣了，她將頭髮向後綁成一束。看見總是被長髮遮蓋住的頸項，我有點心跳加速。

「今天妳綁成不一樣的髮型呢。」

「對啊。」

「公主頭也很好看，但馬尾也很適合妳。」

「是、是嗎……」

如此說道的清水同學不知為何用手壓住嘴邊。

「話說妳今天怎麼會想綁馬尾呢？像之前一樣是一時興起嗎？」

「因為今天是晴天又很熱啊。綁這個髮型，多少能夠減緩熱度吧。」

「原來如此。」

今天確實是萬里無雲的晴天，從一大早就陽光四射。之後我沒再追問清水同學的髮型，便到了班會時間。

從那之後的清水同學會依據到學校的日子變換髮型。某天是團子頭，又某一天是公主頭編髮，再某天是綁辮子，饒富變化。

為何清水同學會每天變換髮型呢？雖然感到訝異，但清水同學總回答是她一時興起，等我察覺時，自清水同學開始變換髮型已經過了十天。看見清水同學每天變換髮型，班上有人說這是要下雨的徵兆，也有人說這是要下槍雨的預兆，還有人只是單純感到困惑，各式各樣，混亂至極。

※　※　※

「……哈……哈……」

某個平日的早晨，我一邊大口喘著氣，一邊匆忙地往教室走。匆忙趕路的理由單純是因為早上的班會時間再過不久就要開始了。

（我應該要挑戰更簡單的髮型比較好嗎？）

今天快要遲到的原因是，我打算綁一個比平常還要更有難度的髮型。我沒辦法順利編好頭髮，那樣做也不行這樣做也不通，在不斷地試行失敗之間花掉了時間，才慌張地出門。

如果是去年的我，就算遲到也不會在乎，但現在不一樣了。要是我遲到，本堂肯定會擔心吧。那並不是我所期望的。

（……我怎麼覺得好像比之前更常想到那傢伙了啊。）

從上週開始我去學校前都會綁頭髮，也是出於想稍微吸引本堂的注意。每當我變換髮型，本堂都會對我說適合我或者稱讚我漂亮。僅僅只是聽到這些話，就會覺得早起後一邊奮鬥苦戰一邊綁頭髮這件事不是那麼辛苦了。

（不過我今天沒有綁頭髮來學校，那傢伙應該不會對我說什麼吧。）

想著這些時，我在不知不覺間到達教室，看來總算是免於遲到了。我往座位走，聽到腳步聲的本堂回頭朝我看過來。

「早安，清水同學。」

「哦。」

我放好隨身物品後，重新將視線轉向本堂的方向，不知為何本堂露出了柔和的笑容。

「為什麼你要看著我笑啊？」

「咦，我有笑嗎？」

當事人似乎沒有自覺。

「你笑了哦，什麼事那麼有趣啦？」

我不禁皺起眉頭，大部分的班上同學會因此而感到膽怯，但對本堂似乎依然沒有效果。

「我想那大概是我鬆了一口氣吧。」

「這是什麼意思啊？」

「不，因為清水同學久違地重回原來的髮型了啊。」

我沒有綁頭髮為什麼會讓本堂鬆了口氣呢？還理不清這個因果關係時，本堂再次說道：

「清水同學最近每天變換髮型對吧？那些我從沒看過的髮型，不論哪種都讓我注意到清水同學新的一面，老實說我為此相當怦然心動呢。」

「什……！」

「當我還在想再這樣下去心臟會承受不了時，今天妳是長直髮髮型，於是忍不住感到安心了……咦，妳遮住臉是怎麼了？」

「你、你現在不要看這裡。」

我會用兩手遮住臉也是無可奈何的，本堂為什麼總是可以打動我的心呢？之後經過數十秒後，多少回復了一點冷靜，才將遮住臉的手放回原位。

「……你會為了我綁頭髮而那個……怦然心動哦？」

「呃、嗯。」

「然後我平常的髮型會讓你安心。」

「沒錯呢。」

這樣一來我該做的事已經確定了。

「……是嗎，那我決定平常以這個髮型為主。」

「妳不必為我費心哦？我覺得自己也漸漸習慣妳綁頭髮的樣子了。」

「我、我才沒有為你費心，只是因為綁頭髮很麻煩而已。」

「那樣就好……」

我當然不是覺得麻煩，而是決定先保留綁頭髮這件事，當作緊急時刻的王牌。

「本堂同學，來聊戀愛話題吧。」

「很突然耶？」

在某天放學後，我前往社團教室，發現瀨戶同學和清水同學已經到了。清水同學可能是在下午的課程中經常被點名而無法睡覺吧，她正趴在桌上睡覺。沒有顧慮這種狀態的清水同學，瀨戶同學開口第一句話提議的是要聊戀愛話題。

「聊戀愛話題沒什麼突然不突然的，愛學姊說想聊就可以聊。」

「我覺得妳最好不要把愛學姊說的話照單全收會比較好哦。」

愛學姊雖然人很好，但有時會單憑感覺說話。

「……我會注意的。那麼本堂同學願意和我聊戀愛話題嗎？」

「可以是可以，不過如果清水同學醒來，她可能會聽見哦？」

瀨戶同學喜歡俊也這件事，應該是儘量不想讓人知道吧。

「沒問題，我會用就算被聽到也沒問題的方式來說。」

「明白了，那麼我也這麼做吧。妳這次想聊什麼呢？」

「今天一開始的主題是——想和喜歡的人一起去哪裡。」
「這是指約會行程嗎？」
「感覺一起去會開心的程度就行了。」
「原來如此。順道一問，瀨戶同學有想去的地方嗎？」
我完全想不出具體的地方，所以請教瀨戶同學的意見做為參考。
「我？我……」
瀨戶同學會想和俊也一起去哪裡呢？瀨戶同學是圖書委員，會是與書本有關的書店或者圖書館之類的地方嗎？
「日式點心店。」
「咦？」
「我想去日式點心店。」
來了個完全出乎預料的回答，話說我想應該幾乎沒有人能夠先設想到。
「為、為什麼妳會想去日式點心店呢？」
「因為我最喜歡的食物是銅鑼燒，和喜歡的人一起吃的銅鑼燒想必會格外不同。」
原來瀨戶同學這麼喜歡銅鑼燒啊。是我多心了嗎，感覺瀨戶同學的眼神看起來比平常更加閃閃發光。我稍微想著之後要告訴俊也，不過既然他已經和瀨戶同學交流一年以上的時間，我覺得以俊也來說，他肯定早就知道了。

「那麼本堂同學會想和喜歡的人一起去哪裡？」

想和喜歡的人一起去的地方嗎？感覺由想和喜歡的人一起做什麼事來思考會比較好。我如果能和喜歡的人一起做料理會很開心，所以想去的地方是……

「超市吧。」

「理由是？」

「我想和喜歡的人一起做料理，為此得先去採買食材吧？」

「所以是超市，我能理解了。」

「會很奇怪嗎？」

總覺得這不是受到期待的答案，有些忐忑不安。

「不清楚這算正常還是怎樣，但我不覺得奇怪。」

「那就好。」

「這答案相當有趣，機會難得，本堂同學剛剛說到的想和喜歡的人做的事，還有希望對方做的事就當成下一個主題。」

當我放心下來的時候，戀愛話題似乎轉移到下一個主題了。

「如果我能收到對方做的手作便當會很開心，瀨戶同學會希望對方做什麼事呢？」

「……什麼事都可以嗎？」

「我想只要在常識範圍內都可以哦。」

瀨戶同學應該是在思考希望對方做什麼事情吧。她可能很糾結，經過了大約十秒的沉默之後，她才再度開口：

「希望對方能溫柔地摸摸我的頭。」

用像是好不容易才擠出來的聲音這麼說完後，瀨戶同學的耳朵看起來比方才還紅了點，是我多心了嗎？

「奇怪嗎？」

「不會，完全不奇怪哦。」

瀨戶同學會希望俊也摸摸她的頭嗎？看來瀨戶同學比我所想得更加對俊也敞開心扉。以我支持俊也戀情的立場來說，純粹地感到開心。

「是嗎……」

瀨戶同學只要向俊也開口要求，感覺摸摸頭這點小事會為她實現。不過正由於不能直接說出口，她才會列為希望對方為她做的事吧。該怎麼形容呢，我有點為他們感到著急。

「本堂同學沒有其他想和喜歡的人一起做的事了嗎？例如興趣之類的。」

「興趣嗎……」

「話說本堂同學的興趣是什麼？」

「嗯──應該是看動畫之類的。」

「你都看什麼動畫？」

出乎我預料地，瀨戶同學表現出興趣。

「通常是和妹妹一起看她說想看的動畫呢。」

「原來本堂同學有妹妹，而且會一起看動畫，你們感情真好。」

「是這樣嗎？」

很少聽說其他兄妹的相處模式，所以我們算感情好還是不好呢，我也不清楚。

「我是這麼認為的。那你和你妹通常一起看什麼動畫呢？」

「以最近來說，我們一起看了《二十一公克的差異》這部動畫哦。」

「《二十一公克的差異》？這是什麼樣的動畫呢？」

「是戀愛動畫哦，簡單地說一下概要……」

男主角有個青梅竹馬，主角雖然喜歡那個青梅竹馬，但中學時那個女孩因病過世了。由於她的逝世，主角每天都過著了無生趣的日子。某一天，他喜歡的女孩的妹妹出現在主角身邊，並且對主角說自己就是那個理應早已去世的青梅竹馬。

「這是怎麼回事？姊姊轉移到妹妹的身體裡了嗎？」

「她是這麼說的。」

「原來如此，那後續呢？」

「再說下去就會劇透太多，沒關係嗎？如果妳不打算看，我也可以繼續說。」

瀨戶同學用手抵住嘴角，看起來她正在思考要不要看。

「……我有興趣想看。」

「那後續我就先不說了。」

「謝謝……我覺得話題好像跑偏了。」

「原本的話題是想和喜歡的人一起做的事呢。」

「是這樣沒錯。本堂同學會想和喜歡的人一起看動畫嗎？」

這是我從來都沒想過的事，試著在腦海中想像那幅情景。

「……和喜歡的人一起看同一部動畫，然後互相分享感想似乎會很開心呢。」

「確實……我也覺得如果能和喜歡的人聊喜歡的書本會很開心。」

希望妳能對俊也直接說出這番話。這樣一來，不論多厚重的書本，俊也都能在一天之內讀完吧。

「能和喜歡的人一起聊興趣的話題很棒呢。」

「我也這麼想……」

瀨戶同學話說到一半時，門突然猛力打開了。

「大家今天也很有精神嗎！」

「妳要更安靜地開門啦。」

我轉頭看向門，那裡站著活力十足的愛學姊和臉上露出煩悶表情的陽介學長。

「愛學姊、陽介學長，你們好。」

「大輝學弟好，你很有精神真是太好了！小澪也和平常一樣呢！」

「愛學姊，安靜。」

「小澪，妳可以對學姊更溫柔一點哦？」

如此說道的愛學姊走進房間，迅速地靠近正在睡覺的清水同學。

「喂～貪睡的公主殿下起床嘍～啊，為了喚醒公主，需要王子殿下的吻吧？真沒辦法呢，大姆咕……！」

「誰貪睡啦。」

當我前一刻還想著「清水同學醒了嗎」的時候，她以迅雷不及掩耳的速度用單手堵住愛學姊的嘴。

「姆咕咕、姆咕──」

愛學姊好像想說什麼，不是很清楚，但可以一眼看出她正在拚命抵抗。

「圭，放開她吧。」

「……真沒辦法。」

被陽介學長說服，清水同學鬆開摀住愛學姊嘴巴的手。

「噗哇！再久一點就要輸了呢……陽介謝啦～果然人人都該擁有一位溫柔的青梅竹馬！」

「……果然還是堵起來比較好呢。」

「我再堵起來一次吧？」

「等等啊！今天有重大發表，請讓我說！要我閉嘴在那之後也不遲喔！」

「重大發表？」

愛學姊到底想說什麼呢？

「對，而且今天的重大發表竟然多達兩項哦！」

「妳快說。」

「圭真性急耶。不過讓大家興奮不已心跳加速地等候也不好，我就快點說吧！」

「沒人期待成那樣哦。」

平常就很嗨的愛學姊今天比平常更嗨。她到底是想發表什麼呢？

「首先第一項！我們天文同好會這次正式轉成天文社了！」

「恭喜妳，愛學姊。」

瀨戶同學表情絲毫不變，啪啪地鼓掌著。

「恭喜，很快呢。」

「因為有努力奔走啊，主要都靠陽介！」

「別說得那麼堂堂正正。不過自從本堂學弟和圭來這裡之後，也花費兩週以上的時間了。社員和顧問老師都已經確定好之後，事情本身就會順利地進行哦。」

他一邊擔任學生會長，一邊在背地裡為設立天文社奔走啊。難怪幾乎都沒來社團教室。

「我們從此變成天文社了，比同好會時期能做到更多事情！」

「不過今年預算大概不會批准下來，應該沒辦法立刻購買事務用品。」

「那些都是小事啦！」

「請問……我有一個在意的地方，可以發問嗎？」

「什麼呢，大輝學弟？對學姊說說看吧？」

愛學姊不知為何撥起頭髮。

「不要用物理方式表現學姊風範啦。」

「我之前就感到在意了，顧問老師是哪位呢？」

「這麼說起來還真沒說過呢，是大輝學弟、圭和小澪你們都認識的老師哦。」

我們都認識的老師？到底是誰呢？我沒有去記老師們是擔任哪些社團的顧問，所以完全沒有頭緒。

「別裝模作樣的，快點說。」

「我同意清水同學的話。」

「不能讓淑女們等候太久呢。那麼我就說吧！顧問老師是湯淺老師哦。」

「是湯淺嗎，真假啊……」

湯淺老師是我們三人的導師，是位男老師，負責教數學。從一年級起就負責我和清水同學和瀨戶同學的班級。

「嗯，就是就是，我對他說圭要加入社團後，他就很感動，連聲說好地答應了哦。」

「別利用我啦。」

湯淺老師是位既溫柔又和善的老師，只是淚腺有些發達。而且相當擔心被叫做不良少女的清水同學，曾經發生過清水同學只是正常來上課，就讓他幾乎要哭出來的事蹟。所以對清水同學來說，可能會覺得有點鬱悶。

「湯淺老師能當顧問，我們很幸福呢，要是湯淺老師能夠看到圭享受社團活動的樣子，他也能安心。妳看，這不是大家都雙贏嗎？」

「只是那個大家都雙贏的大家不包括我在內。」

「咦！圭妳也和大……」

「妳想再被堵住嘴嗎？」

在愛學姊說完之前，清水同學用今天最低沉的聲音問道。

「等等，我很聰明，不就是要我安靜嗎？」

「真正的聰明人根本就不會說漏嘴。那妳第二項重大發表是什麼？」

「對耶，我還沒說。第二項重大發表是……鏘鏘鏘鏘……噹噹！在屋頂上做天體觀測雖然有條件，還是確定可以了！鼓掌鼓掌……」

確實愛學姊之前曾經說過希望我和清水同學加入社團的理由之一，就是想在屋頂上做天體觀測。沒想到那麼早就可能實現，愛學姊和陽介學長可能為此在背後做了諸多努力吧。

「那樣是很好啦，但條件是什麼呢？」

「這個嘛……請陽介來說！」

「為什麼突然要我接話啊。不過算了，條件和這次的期中考有關。」

「是要我們在期中考取得好成績嗎？」

「你這話雖不中亦不遠矣。正確地說，是天文社全員要在這次的期中考都考進總排名的四十名以內，這就是能做天體觀測的條件。」

「這條件很嚴苛耶？」

我們高中一個學年有兩百人以上的在籍學生，在這樣的情況下，要全員都以考進四十名以內為目標，感覺難度相當高。

「因為天文社是剛成立的社團，想讓這樣的天文社突然得到在屋頂做天體觀測的許可，才會需要這種程度的條件哦。所以希望大家能夠比平常更加努力地讀書以準備考試。」

「沒錯，希望大家努力！」

「特別是愛，我是對妳說的喔。」

當我以為這是為了緩和氣氛才開的玩笑時，陽介學長的表情卻太過陰沉。

「為什麼啊，我平常考的分數離不及格很遠吧！」

「那是因為我總是拚命教導在考試一週前才哭著來求我幫忙的妳吧！」

「等等啊陽介，你太大聲啦！我預定當一個既美麗且溫柔的學姊，廣受學弟妹們信賴耶！你這是妨害啊！」

「妳不用擔心，原本就不會有受到學弟妹們依賴的未來。」

「你好過分！圭，不是那樣的對吧？」

清水同學頑固地不將視線轉向愛學姊。

「圭小姐？姊姊我做了什麼嗎？為什麼不和我對上眼呢？」

愛學姊的問題沒有得到回答。

「真是的，圭還是老樣子不坦率呢。小澪就覺得我是個值得信賴的溫柔學姊……」

「不。」

「妳秒答！至少讓我說完吧！」

「答案已經確定了，聽完也沒意義。」

「呃噗……！銳利的一擊啊。要不是我擁有如此堅韌的心靈，早就倒下了。真是的，小澪也害羞了……大輝學弟，只有你覺得我是個值得信賴、既溫柔又開朗的美麗學姊對吧？」

愛學姊的眼神已經失去光彩，正滿是空虛地盯著我看。現在的我能做的是……

「哈哈……」

「大輝學弟！」

笨拙的苦笑是現在的我所能給出的最大肯定了。

「我的心都快碎了……陽介，陽介你會溫柔對待我的吧……」

愛學姊的眼裡看起來浮現了淚水。

「不要突然用像是小動物的眼神看我啦……妳偶爾也會不光是為自己，而是為身旁的人思考後才行動，以廣義來說也能稱得上溫柔吧？」

聽到這番發言的瞬間，愛學姊恢復了笑容，猛然抱住陽介學長。

「願意稱讚我的只有陽介喲～不論何時都要稱讚我喲～」

「不要突然抱上來！我知道了，妳快點放開！」

陽介學長試圖拉開愛學姊，像這樣焦急的陽介學長還是第一次見到。

「你明明很開心的～」

「妳忘記還有學弟妹在了吧！之後會覺得害羞的是妳哦！」

「啊！」

愛學姊立刻放開陽介學長，她的臉漸漸染上紅色。

「剛剛看見的事情請大家忘記！還有我不是誰都會抱哦！」

「沒問題，我記得清清楚楚。」

「小澪？我不是剛剛說過要忘記嗎？這完全不是沒問題吧？」

「要消除記憶需要超商限定販售的抹茶銅鑼燒。」

「妳這孩子，打算威脅我？」

「開玩笑的。只是為了以防萬一，我會先記起來。」

「小澪，真是個可怕的孩子……」

「妳們兩個在演什麼喜劇啦。」

清水同學用傻眼的表情發表吐槽。

「就是這樣，大家要努力讀書考試哦！到此重大發表結束！接下來大家就像平常一樣隨意閒聊吧！」

「不是要為考試讀書哦？」

「那個明天再努力就好。」

「那是直到逼近考試才讀書的傢伙會說的台詞呢。」

「沒問題啦，我是該發揮時就會發揮的人啊。那小澪和大輝學弟你們在我們來之前都在聊些什麼啊？」

「那個嘛……」

我反射性地看向瀨戶同學，她無言地搖了搖頭。看來我們在聊戀愛話題這件事，她想對愛學姊和清水同學保密。

「……在聊我推薦的動畫哦。」

用這個說法，愛學姊和清水同學應該都不會想到我們在聊戀愛話題吧。

「咦～你看了什麼動畫？」

「《二十一公克的差異》這部動畫電影。」

「啊！那部我也有看過哦！是部好動畫呢！我看完好感動啊。」

確實以愛學姊來說，可以輕易想像出她看完那部動畫後很感動的樣子。

「哎呀～最後一幕主角他……唔嘎！」

愛學姊的嘴巴被瀨戶同學迅速動作的手堵住了。

「嚴禁劇透。」

「唔咕……唔咕嗚～」

「……知道了，我放手。」

瀨戶同學能夠理解愛學姊在說什麼嗎？

「噗哇～肺又吸滿空氣啦。小澪，要是妳還沒看就直接說嘛。」

「不等我說，愛學姊就開始講了。」

「……確實是，Sorry～那麼我們原來在聊《二十一公克的差異》對吧。這是部好作品，希望小澪一定要看。」

「嗯，很期待看到動畫。」

「回答得好。等妳看完我們來分享感想吧！」

之後這一天，天文社始終談論著喜歡的動畫和漫畫的話題。

翌日，當我到達教室時，清水同學似乎還沒有到校。

「哦，大輝早安。」

我面向聲音的源頭，俊也就站在那裡。

「俊也早安，晨練已經結束了嗎？」

「對啊，今天比平常稍微早點結束呢。」

「這樣啊。」

「話說我有聽說哦，大輝。天文同好會變成天文社了，太好了呢。」

「這個情報你是從哪裡聽到的？」

昨天愛學姊才剛告知我們的情報，為什麼俊也已經知道了？

「剛剛聽瀨戶同學說的。」

「原來如此。」

「不過你好好哦，竟然能夠和瀨戶同學一起參加社團活動。」

俊也似乎是打從心底感到羨慕。

「從以前到現在我幾乎沒和瀨戶同學說過話，原來她是個有趣的人呢。」

「還是被大輝發現了嗎……和瀨戶同學說話的樂趣。我覺得既開心，又有點寂寞呢……那麼你和瀨戶同學聊了什麼呢？」

「呃……」

我實在說不出瀨戶同學為了釐清自己對俊也的感情是不是戀愛，我們兩個一起聊戀愛話題這件事。

當我為了回答而感到猶豫時，教室後方的門傳來開啟的聲響。往那裡看過去，就看見清水同學進入教室的身影。

「抱歉，我要走了。這個話題下次再繼續吧。」

「咦？呃、嗯。」

於是俊也快步地回到自己的座位。

隨後像是和俊也輪替一樣，清水同學來到我的附近。

「清水同學，早安。」

「……哦。」

不知為何，感覺今天的清水同學比平常更沒有精神。

「清水同學，發生什麼事了嗎？」

「……幹嘛突然問這個，沒事。」

果然感覺她比平常少了些霸氣。而且她瞪我時，眼神不銳利。注視著清水同學的眼睛時，發現了一件事——清水同學的眼睛周圍有點腫脹。

眼周腫脹的原因可以想到幾個，其中最可能的就是哭完後擦拭眼周的緣故吧。也就是說，以清水同學哭了來思考比較妥當。問題是清水同學為什麼要哭，她到底發生了什麼事呢？

「真的沒事嗎？要是有什麼煩惱，可以跟我說哦？」

「就說沒事了……我要睡覺，不要叫我。」

「老師來了，我就叫妳。」

「不用叫我也沒關係……」

如此說道的清水同學就睡著了。

接下來一整天，清水同學也沒有恢復精神，就這麼過完一天。

清水同學為什麼要哭呢？我回到家後也在自己的房間裡持續思考這件事。之前她被告白的時候，學長說的話果然對她造成了打擊嗎？或者是在我完全不知道的時候，發生了讓她傷心的事嗎？

「哥哥。」

從門的方向傳來敲門聲，伴隨著的呼喚聲讓我回過神來。我到底是想著清水同學想了多久呢？慌張地前去開門，打開門後，在另一邊等著的是剛剛那道聲音的主人——我的妹妹輝乃。

「怎麼了嗎？」

「來看動畫吧。」

「可以啊，妳想看什麼？」

「《二十一公克的差異》。」

輝乃會說想和我一起看動畫並不少見，只是有一件感到在意的事。

「我們不久前才一起看過《二十一公克的差異》吧？」

輝乃露出有些不滿的神情。

「雖然看過，但我又想看。」

「我知道了，進來吧。」

「……謝啦。」

反正就算一直想，也沒辦法馬上想出答案。既然如此，現在聽從輝乃的要求會比較好，於是我讓輝乃進入自己的房間。

這是我第二次看《二十一公克的差異》，已經知道整體的故事情節。但還是覺得能夠看這部動畫真是太棒了，由此可見《二十一公克的差異》是部很出色的動畫。

「哥哥。」

當動畫結束時，輝乃喊了我一聲。

「輝乃，怎麼了嗎？」

「為什麼要玩我的頭髮？」

「啊！」

我似乎在無意識中一直玩著輝乃的頭髮。

「對、對不起，我稍微想了點事情。」

「沒關係，那最近怎麼樣？」

「妳是指什麼？」

「我是說最近社團活動怎麼樣？」

我已經對輝乃提過加入天文社的事情，所以輝乃的提問並不會很突兀，只是有點突然讓我稍微嚇了一跳。

「呃……雖然我才剛加入，還滿開心的哦。」

「真的嗎？」

「當然啦，學長姊和同年級同學大家都是溫柔的人。」

「是嗎……」

不知為何輝乃似乎有點不服氣。她沒有再說一句話，便走出我的房間。

「她是怎麼啦？」

我想不出她為何會這樣。一邊覺得有些訝異，一邊再度開始思考起清水同學哭泣的理由。

隔天的放學後，我在天文社的社團教室裡思考該怎麼向清水同學開口。現在社團教室裡只有我和清水同學，她正默默地滑著手機，眼睛周圍還是有點腫脹。

今天直到放學後我也一直思考著清水同學哭泣的理由，儘管有幾個候選理由，但無法確定到底是哪個。

「今天瀨戶同學、愛學姊和陽介學長都還沒來耶。」

煩惱到最後，我決定從不會引人反感的話題說起。

「瀨戶是去當值圖書委員，愛和陽介應該是去學生會了吧。」

「若是這樣，他們三位還要過好一陣子才會來呢。」

「對啊。」

對話中斷了。原來我這麼不擅長聊天嗎？再這樣下去，永遠都搞不清楚清水同學哭泣的理由。因此下定決心要進入正題。

「清水同學，妳有空嗎？」

「怎麼了，這麼正經？」

「有事情想請妳告訴我。」

「你說說看。」

「清水同學眼睛腫腫的，是發生什麼事了？」

「什……！」

清水同學的臉不知為何緩緩地染上紅色。

「應該是發生什麼事了吧？要是妳有感到困擾的事，希望妳跟我說。」

「我、我才沒有感到困擾的事。而且就算有，也和你無關吧！」

清水同學明顯地動搖了，我無法覺得沒發生什麼事。

「有關係哦。清水同學要是傷心，我也會傷心的。」

「本堂……」

「所以希望妳能把想法告訴我。只要我做得到，不管什麼事都會去做。」

我用雙手像是包覆般的握著清水同學的手。

「你、你、手……而且你說不管什麼都會去做，那種事哪能這麼簡單就……」

清水同學的臉變得比剛才更紅了。

「才不簡單呢！因為對我來說清水同學是重要的人，我不喜歡妳明明在煩惱，而自己卻什麼都辦不到。」

社團教室中響起「喀噹」一聲。我反射性地看向聲音傳來的方位，源頭似乎是門那邊。仔細一看，門在不知不覺間稍微打開了。清水同學察覺這件事，強硬地拉開我的手。

「喂，那邊的人，給我出來。」

經過幾秒後，門緩緩地打開了。站在那裡的人不管怎麼看都是愛學姊。

「妳從什麼時候開始看的？」

「咦？我才剛到，什麼都不知道哦？」

「妳騙人，給我說真話。」

清水同學皺起眉頭瞪著愛學姊。

「從大輝學弟說其他人都還沒來的地方開始聽的！」

「那不就是一開始嗎！」

「因為我覺得打擾你們獨處的時間有點不好啊。」

「真心話是？」

「來到這裡後，發現好像會發生好玩的事情，所以在外面稍微觀察一下。」

「喂。」

似乎在無所察覺時，我和清水同學都成了愛學姊的觀察對象。

「不過這件事先放著，圭就把眼睛腫脹的原因說出來吧？看來大輝學弟是真的很擔心。」

「原來愛學姊也知道嗎？」

「當然啦，因為我有看到圭在哭。」

到底是怎麼回事呢？明明知道清水同學在哭，愛學姊卻一副平靜的樣子。

「喂，不要隨便說出來啦。」

「那麼，圭妳自己說吧。」

「唔……我知道了。」

「沒問題嗎？要是妳不想說，可以不用說哦？」

老實說雖然我很在意，但也沒想過要勉強清水同學說出來。

「……沒事，也不是什麼需要隱瞞的事，只是你不要跟別人說哦。」

「我當然會照做……」

「那就好，我的眼睛腫腫的是因為看了……的關係。」

她的聲量愈來愈小，後半段聽不太清楚。

「抱歉，清水同學可以請妳再說一次嗎？」

清水同學慢慢地深呼吸之後，張大嘴巴說道：

「因、因為我看了《二十一公克的差異》啦！」

「……咦！」

沒想到在這種時候會聽到《二十一公克的差異》這部動畫。當我呆愣住時，位於清水同學身旁的愛學姊低聲笑了起來。

「圭她呀，在和我一起看《二十一公克的差異》的時候，突然就開始哭得一蹋糊塗。當時真的嚇了一大跳呢。」

「妳不用詳細描述！我只是大意了，才會稍微流點眼淚而已。」

「那個量應該不是稍微吧。我還想著圭的淚腺是不是壞掉了呢。」

「就說了，妳不要多嘴！本堂會誤會的！」

沒有什麼誤會，清水同學看了《二十一公克的差異》而哭是事實。只是聽到清水同學和愛學姊的話之後，我的身體脫力，慢慢地趴到桌上。

「太好了。」

「你這是怎麼了啊，還有什麼太好了？」

「清水同學的眼睛腫腫的，我還以為妳遇到了什麼傷心事，一直很擔心，幸好那是我想太多了。」

「什……！」

「幸好清水同學沒有在我不知道的地方傷心。」

「呃、哦。」

「妳的臉都紅了，真可愛呢。大小姐，妳忘記對大輝學弟說『謝謝你為我擔心』了哦。」

「誰是大小姐啦。」

愛學姊和清水同學的姊妹相聲還是老樣子，當我感到安心時，再次傳來了門打開的聲音。

「大家好。」

「哈嘍～小澪，有點慢呢。」

「上課時我有不懂的地方，去問老師了。」

「原來是這樣啊，先坐下吧。」

「就這麼辦。」

瀨戶同學坐到空座位上。

「你們在聊什麼呢？」

「在聊《二十一公克的差異》哦，清水同學也看過了。」

若是如此，她應該就不會連清水同學看完《二十一公克的差異》後哭了的事都知道吧。

「我昨天也看了。」

「小澪也看了啊，怎麼樣？有趣嗎？」

「我覺得很有趣。」

「很高興妳這麼說呢。來問圭吧，妳覺得最後一幕主角告白那段怎麼樣？」

「為什麼要突然問我那種問題啦？」

「不知為何就想問？」

「妳也太隨便了吧。他們兩個人可以結為連理不是很好嗎？」

「說得對呢，到那裡他們兩人終於能夠結為連理，我也真的很開心哦。圭妳也想像那樣被告白嗎？」

「啊？妳、妳突然在說什麼啦！」

清水同學看起來被這出乎意料的問題問得相當動搖。

「被喜歡的人告白的這種光景，不管誰都會夢想過一次吧？我想知道如果是圭，當妳遇到那種場面會是什麼感覺呢？大輝學弟也想知道吧？」

「咦？」

「你想知道對吧？」

「呃、對。」

愛學姊的氣勢非常壓迫，我反射性就回答了。但確實也想知道清水同學憧憬的告白場景。

「圭，他這麼說哦。妳就告訴大輝學弟嘛。如果圭要被告白，妳想以什麼樣的方式被告白呢？」

「這個嘛……」

「這個嘛？」

「這個嘛……」

所有人的視線集中到清水同學的身上。我和清水同學對上了眼，她的眼神像是想說什麼，可惜我無法連清水同學想說什麼都知道。就這樣經過幾秒後，清水同學突然拿起自己的包包，衝向門口。

「啊，等等，圭小姐妳想逃跑嗎！」

「我才不是逃跑！已經受夠告白這種事了，被告白也不會開心，就只是這樣而已！除此之外今天沒有別的話想說了，我要回去了！」

這麼說完，清水同學的身影消失在走廊上。

「嘖！被她逃了啊。太小看圭的靈活度了。」

愛學姊像是讓追捕中的犯人逃走般感到不甘心。

「她本人也說了，本來就討厭被告白不是嗎？」

「這就有些不同了哦。確實她可能討厭受到不認識的人告白，但如果是喜歡的人來告白，就算是圭，應該也會開心哦。」

「是這樣嗎？」

「我是這麼想的，不過小澪可能還沒辦法了解吧。」

「哼！」

瀨戶同學嘴上說著「哼！」但她的表情完全沒有變化。

「話說回來，竟然浪費了難得的機會，我的妹妹也還早得很呢。」

「妳是在說什麼呢？」

「我大聲地自言自語而已，無須在意。別說這個了，我們繼續聊吧。」

直到回家前，我都和她們兩位互相聊著對《二十一公克的差異》的感想。

※　※　※

「為什麼我老是這樣……」

晚上，我在自己房間的床上自言自語地低聲說道。

「難得有機會和本堂好好聊天的啊……」

如果能和本堂一起聊動畫會很開心，所以和愛一起看了她在閒聊時提到的動畫《二十一公克的差異》。到這邊都還好，問題在於那部動畫比我所想得更加讓人投入其中，不知不覺間就開始為女主角加油，在故事的尾聲，等我發現時，眼淚已經從眼睛流出來了。

（看見那女孩勇敢的姿態，會哭出來也是理所當然的吧。）

眼睛的腫脹過了一晚也完全消不掉，本堂才會立刻察覺，讓他擔心了。只是原本以為我的眼睛腫腫的這件事，只要過個一天本堂就會忘記。

（沒想到那傢伙會這麼擔心我。）

本堂比我以為的更加倍為我費心。為什麼本堂會對我這麼溫柔呢，都快要會錯意了。

（不是的，那傢伙是對每個人都很溫柔。）

我不是說那樣不好，也沒辦法說那樣不好，只是感到有點寂寞而已。我是個多麼任性自私的人啊。明明喜歡溫柔的本堂，但一想像那傢伙溫柔對待其他人的樣子，我的內心就會糾結苦悶。因此變得討厭自己。

當我忍不住要嘆氣的這時，房間的門猛然地打開了。

「哦啦，姊姊大人登場啦！」

思考的負面連鎖在超級大笨蛋的登場下強制切斷了。

「……唉。」

「至少說點什麼嘛！難得姊姊我因為擔心妳而來！」

「吵死了，沒什麼需要妳擔心的事啦。」

「騙人，妳想起今天在天文社發生的事情後，心情變得有點悲傷了吧。」

「唔……」

為何這個姊姊會知道我所想的事呢？

「我說中了呢。來吧，跟姊姊說說，會變輕鬆哦？」

「我拒絕，妳快點回去。」

「怎麼這樣，不過也都這個時間了，我把想說的話說完就回去哦。」

「呃、哦。」

難得愛會願意聽從我的要求，有點不正常。

「今天，我看見圭和大輝學弟你們兩位說話時的樣子之後，就確定了哦。大輝學弟把圭當成非常重要的人，大輝學弟超級喜愛妳啊。」

「……啊？」

「好，我想說的話已經說完，要回去了。再見！」

「妳等一……」

在我挽留之前，愛就用一副爽快的表情走出了房間。

「什麼啦，說本堂喜愛我……」

沒有人能回答我。

距離期中考大約一週前的某個下午，我們天文社在社團教室全員集合，讀書準備考試。在愛學姊的提議之下，天文社所有人都集合起來開讀書會。

在房間中心併起來的兩張長桌周圍擺了五張椅子，我的對面是清水同學，右邊座位是瀨戶同學，瀨戶同學的對面是愛學姊，由我的方向看來，愛學姊的右邊是陽介學長，大家以這樣的形式坐著。

「我已經不行啦～」

開始讀書準備考試後才過了約十分鐘，愛學姊很快就發出喊叫。

「才剛開始而已吧，加油。」

「我是有努力啊，為了天體觀測，但就是沒辦法進入狀況嘛。」

「唉……要怎麼做妳才能進入狀況呢？」

陽介學長一邊嘆氣，一邊用像是對小朋友說話的語氣溫柔問道。

「……我說什麼你都不會生氣？」

就像對父母撒嬌要求東西前的小孩一樣，愛學姊打量著陽介學長的臉色。

「不要說會讓人生氣的話……雖然想這麼講，但要是這麼做，無論對話和讀書準備考試都不會有進展吧。我會盡可能保持平靜。」

「謝謝你，陽介！那我說了哦！這次期中考的成績如果不錯……我想要一點獎勵！」

「愛，妳真的是……」

陽介學長用傻眼的表情看著愛學姊。

「哎呀，陽介你怎麼一副那麼陰沉的臉？」

「妳以為是誰讓我變成這種臉的。」

「陽介的爸爸和媽媽。」

「現在他絕對不是在說遺傳的事情吧。」

清水同學插了一句吐槽，她應該是忍不住了吧。

「說到底我為什麼非得給妳獎勵不可啊？」

「咦？為了天體觀測？」

「說到想做天體觀測的人，是妳吧。」

「是這樣沒錯啦……」

「……唉。」

陽介學長再次輕輕嘆了口氣。

「真拿妳沒辦法，如果妳繼續這麼沒幹勁，其他社員看到妳這樣可能也會降低幹勁，所以只限這次我接受妳的要求。」

「陽介！」

愛學姊的表情瞬間開朗起來。

「可是太貴的東西不行哦。」

「那是當然的！」

「還有妳的目標分數要設多少？至少設成比平常學生會幹部被要求的目標分數更高吧。」

學生會幹部原來在考試時會設定目標分數啊，我都不知道。

「那、那當然……設成那個學生會目標分數的總分加十分如何？」

「都到這種時候了，不要只想加一點點分數。就設成學生會目標分數加三十分怎麼樣？」

「陽介先生，我總是好不容易才達到學生會的目標分數，您知道吧？」

「總是在考試前教妳念書的是我，當然比任何人都更清楚啊。這種情形之下，假如妳還想著要得到獎勵，就得努力到這種程度，我是這個意思。」

「呣呣呣……」

愛學姊一直盯著陽介學長看，但似乎沒有效果。

「我明白了，就以學生會幹部當成目標分數的總分加三十分來達成協議吧。只是如果我達到那個分數，絕對要獎勵哦！」

「好啊，一言為定。在我能做到的範圍內都會去做。」

「諸位也確實都聽見了吧？陽介剛剛說他什麼都做對吧？」
「聽到了。」
瀨戶同學表情絲毫不變地表示肯定。
「我是說在我能做到的範圍內吧。不要為了自己方便，刪減人家說的話。」
「我不會做那種無理要求，你放心吧。」
「真的嗎？反正如果做不到，我只要說做不到就行了。」
不管怎麼說，我覺得陽介學長對愛學姊很好。
「好～！既然有獎勵，幹勁就變成三倍啦！大家，我們一起為了天體觀測來努力讀書準備考試嘍！哦——！」
愛學姊右手臂用力地往上舉。
「哦、哦～」
「哦——」
「哦、哦——」
我和瀨戶同學還有陽介學長比愛學姊略遲一些，也往上舉右手。
「等等啊圭，這是大家一起『哦——』的時候吧！」
「誰要做啊！」
清水同學似乎有點害羞。

「真是的，圭，因為妳很容易害羞嘛。好吧算了，那麼讀書會重新開始！」

在這一聲令下，所有人再次將目光移往課本和筆記上。

「本堂同學，可以打擾你一下嗎？」

「怎麼了呢，瀨戶同學？」

讀書會重新開始後過了約三十分鐘，瀨戶同學向我搭話。

「我有不懂的地方，想請教你。」

「可以是可以，但妳還是請教陽介學長或愛學姊會比較……」

我將視線轉向陽介學長和愛學姊，現在陽介學長似乎正在教導愛學姊。除了我以外，也可以問清水同學，但瀨戶同學說不定不太擅長和清水同學交流。

「現在很難找愛學姊和坂田學長說話。」

「說得對呢，如果是在我會的範圍內就教妳。」

「謝謝你。我不懂的是……」

瀨戶同學不懂的點，還好是我還有辦法說明的部分。

「那邊呢……」

當我用課本和筆記向瀨戶同學說明時，不知為何感覺到不知打哪兒來的視線。環顧四周，但沒人看著我。

「本堂同學你怎麼了？」

「沒事，應該是我多心了。繼續說明哦。」

再次繼續說明，當我這麼做時，果然感覺到有人不知從哪裡正看著我。這次迅速地看向四周，和清水同學正面對上了眼。

「清水同學？」

「沒、沒什麼啦！」

「是嗎？」

「本堂同學，希望你繼續教我。」

「嗯，我知道了。那麼這邊是……」

既然清水同學本人都說沒什麼了，她看向我這裡肯定也是巧合吧。於是再次開始向瀨戶同學說明。

「我完全了解了，本堂同學謝謝你。」

「那真是太好了。」

多虧瀨戶同學的理解力很高，我的說明比預想得更早結束。

「如果我又有不懂的地方，可以再來問你嗎？」

「如果是我有辦法說明的地方，沒問題哦。」

「了解，那麼之後再麻煩你了。」

「好。」

就這樣，我和瀨戶同學各自繼續讀書。

「圭小姐，妳露出了很可怕的表情耶？」

「……我才沒有。」

「有啊，像鬼一樣哦。我還確認過妳有沒有長角呢。」

「沒有長角還真是可惜啊。要是有長角，我就能用來撞妳的頭了。」

「妳是打算在我的臉上開洞嗎！」

陽介學長的指導大概結束了，這次是愛學姊和清水同學的姊妹相聲開始了。

「真是的，圭在吃醋，真可愛耶。」

「我才沒吃那種東西。」

「她吃了哦。陽介，對吧？」

「要是妳有時間說這些，給我念書。」

「雖然這麼說，但陽介沒有否認。」

我看向清水同學他們那邊，清水同學瞪著陽介學長，而陽介學長從清水同學身上轉移了視線。感覺不能再繼續看下去，於是把視線轉回筆記上。

「妳可以坦率一點的。」

「吵、吵死了。」

「不過妳要是做得到，就不用那麼辛苦了吧。」

「我揍妳哦。」

「哦哦，好可怕。姊姊我還是回來念書好了。」

姊妹的對話似乎結束了，社團教室再次恢復靜寂。

（咦，這題要怎麼解？）

房間再度恢復寂靜之後又過了一會兒，這次換我遇到難題。再次確認課本和筆記並試著思考，但怎麼樣也無法想出解題方法。

（再這樣下去問題也沒辦法解決，還是問人吧。）

幸好現在沒有人說話，所以不管問誰應該都沒問題。我稍微思考後，決定向某人提問。

「清水同學，可以打擾一下嗎？」

「什麼事啊？」

「我有題目不懂，想請教妳。」

「為什麼找我啊。腦袋比我好的陽介現在也很閒喔。」

突然被清水同學點到名的陽介學長往這邊看來。

「不要說我閒啦，我正在念書準備考試。不過有不懂的題目，當然可以教哦。」

「等等，陽介！你怎麼露出溫柔的學長模樣啊！現在不是那種時間吧！」

「抱、抱歉。」

不知為何陽介學長被愛學姊用蠻不講理的理由罵了。

「該怎麼說呢，我覺得自己比較敢拜託清水同學，才……造成妳的麻煩了嗎？」

「我、我也沒說成那樣吧！真拿你沒辦法耶，哪裡不懂？」

「呃……是這邊的題目……」

「喂，愛妳幹嘛竊笑啊？」

我看向愛學姊，她臉上確實浮現了感到欣慰的笑容看著清水同學。

「要換座位嗎？你們兩人坐在那樣的位置要教也很辛苦吧？」

確實現在我和清水同學是面對面坐著，坐到隔壁感覺她比較容易教我。

「若是那樣，我和清水同學換座位。」

主動提議的是坐在我隔壁的瀨戶同學。

「瀨戶同學，可以嗎？」

「沒問題，要是我有不懂的地方，就請愛學姊……隔壁的坂田學長教我。」

「那個，小澪？我啊，是三年級哦？你們的考試範圍我在一年前就學過了哦？」

「學過和有辦法教是不一樣的。」

「咕哇……出色的一擊啊。今天我就到此為止了……」

「清水同學，來換座位吧。」

「呃、哦。」

於是清水同學移到我隔壁的座位，瀨戶同學移到愛學姊隔壁的座位。

「那麼清水同學，要重新請妳多多指教了。」

「嗯。」

「那麼剛剛也說過，這題我不懂。」

「那題嗎，那個是……」

清水同學利用課本將我不懂的題目簡單易懂地解說給我聽。儘管清水同學時常翹課，但她並不是不會念書。證據就是，我從沒看過清水同學因為考試成績被老師叫去訓話過，她可能平常是在家裡勤勉地讀書吧。

「……這麼做就能導出答案，懂了嗎？」

「嗯，清水同學謝謝妳。說得簡單易懂呢。」

「這、這並不是那麼難的題目啊……你還有其他不懂的題目嗎？」

「咦？呃……稍等一下哦。」

我逐題查看課本上的題目，又發現不知道解題方法的題目了。

「這題我也不懂，想請教妳呢。」

「那題是……」

為了看課本，清水同學將身體往我的方向靠近，她的臉也離我的臉相當近。

「清、清水同學！有點太靠近了吧！」

「咦？啊……！」

清水同學似乎終於察覺了，接著慌張地拉開距離。看來她沒有意識到。

「抱歉……我太專心看課本了……」

「我也要抱歉，應該把課本往清水同學的方向靠過去的。」

應該是慢慢接近夏天了，我的臉好熱。想著這種事時，又感覺到不知從哪來的視線正盯著我看。確認四周，這次視線的主人並不是清水同學。

「愛學姊，妳為什麼要看著我這邊呢？」

「可愛，真可愛啊。」

「莫名令人生氣耶，給我出來。」

愛學姊一句話就讓清水同學完全進入備戰狀態。

「哪有啊，不過就是看到你們兩位青澀可愛讓我很感動，忍不住就說出可愛這個詞了而已啊！」

「我就是在說妳這樣讓人生氣啊！」

「圭，冷靜啊。愛她也不是出於惡意才這麼說的……不，即使這樣也不行吧。」

「既然你要幫我說好話，就說到最後吧！」

「抱歉，愛，我是沒辦法幫妳的。」

「不要轉為乾脆地放棄我啦！」
「來，妳快點來走廊。」
「噫！妳這是真的生氣了吧！」
在我眼中看來，清水同學的目光比平常更加銳利。
「對不起！是我不好啦！真心希望妳原諒我！」
愛學姊在面前雙手合十，朝清水同學賠罪。清水同學不知為何有一瞬間往我看了一眼後，又將視線轉回愛學姊身上。
「……沒有下次了哦。」
「是！非常感謝妳！」
看來清水姊妹之間的戰爭沒有實際開戰，順利結束了。
「……本堂。」
「怎麼了嗎？」
「我們繼續吧，告訴我還有哪裡不懂。」
「嗯！」
自那之後沒有再發生什麼大問題，參雜著休息時間，我們天文社一直持續讀書準備考試。
「好，時間也差不多了，今天的讀書會就開到這裡吧。」

當我想著該回家了的時候，陽介學長正好對我們這麼說道。

「好久啊～感覺好像讀書讀了一輩子的量。」

愛學姊像是突然被切斷操縱絲線的娃娃，趴到桌上。

「確實以愛來說，算是長時間好好努力過了呢。」

「是吧！這樣一來我考試很可能會全部科目都考滿分哦！」

「妳太得意忘形了。給妳的獎勵可不是就此確定能到手，回到家後也要勤奮讀書哦。」

「咦～在家裡也要我讀書？……好吧為了獎勵，我就努力吧！」

愛學姊的幹勁由於有獎勵的關係而大幅提昇。

「啊，對了，我想到一個好點子！」

「……我有不好的預感。」

「為什麼啦！真的是個好點子哦！啊，不過可能和陽介無關。」

「那我就放心了，只是妳別給學弟妹添麻煩哦。」

「陽介你這傢伙很沒禮貌耶。那麼剩下的可愛學弟妹們，請聽我說吧。」

「是什麼點子呢？」

我為了聽愛學姊說話，將臉面對她。

「那個，大輝學弟就算了，為什麼剩下的可愛學妹們會無言地收拾著課本和筆記呢？」

「聽妳說話只是浪費時間吧。」

「同意，這種時候的愛學姊建議無視。」

「妳們差不多要打破我的淚腺極限了哦！」

再這樣下去，總覺得愛學姊真有可能會哭出來。當我想著得趕快做點什麼的時候，陽介學長開口說道：

「愛，在哭之前先把話說完。圭和瀨戶妳們也姑且聽一下內容吧。」

「……要說得簡短易懂哦，我已經要回去了。」

「坂田學長都這麼說了那也沒辦法。愛學姊想說什麼？」

「圭、小澪……」

愛學姊看起來很感激的樣子。陽介學長的一聲令下，讓清水同學和瀨戶同學都轉變成準備好要聽她說話的狀態。果然身為學生會長不簡單，陽介學長說不定很擅於調動其他人。

「那麼我要發表了！在這次的期中考，考到最高總分的學弟妹……將由我給這個人獎勵！耶——！」

「……只有妳很嗨耶，沒問題嗎？」

「沒那回事……咦，真的耶。大家都出乎意料地冷靜。」

聽她說話時，停下了手上動作的清水同學和瀨戶同學又再次收拾起課本和筆記。

「圭，妳為什麼那麼冷淡啊！」

「妳的獎勵都不是什麼好東西吧？」

「妳對我驚人地毫無信賴！……小澪不是那麼想的對吧？」

「我當然這麼想。」

「有沒有願意相信我的人啊！大輝學弟你收到我的獎勵會開心吧？」

不知道是不是我多心，愛學姊的眼睛感覺有點濕潤。

「是、是的。我想我肯定會很開心。」

有人送我東西，基本上都不會討厭，所以這不是說謊。

「眼角泛淚！是這樣對吧！」

會感動到用嘴巴說出「眼角泛淚」的人，我應該是第一次見到。

「圭和小澪也聽到了嗎？大輝學弟說他不管收到我的任何獎勵，都會很開心哦！」

「他沒有說『任何』吧？」

「再這樣我就不給圭和小澪獎勵了哦！只給大輝學弟哦！」

「我沒差啊，不過結果妳說的獎勵是什麼啊？」

「啊，我忘記說那件事了！」

確實她沒有連同獎勵的內容都說清楚。

「沒有獎勵品，是實現一個願望的權利。」

「欸？」

「啥？」

「咦？」

我和清水同學，還有瀨戶同學幾乎同時出聲。

「愛，妳剛剛說了什麼？」

「哦，勾起妳的興趣了嗎？那我就再說一次，聽好了哦！我給的獎勵是實現一個願望的權利！」

「喂，愛，妳把話說得這麼滿沒問題嗎？」

陽介學長感覺很擔心地看著愛學姊。

「沒問題的，陽介。我們的學弟妹們都是好孩子，不會要求讓我困擾的願望的。」

「說不定是那樣啦……」

「愛學姊，我要發問。」

瀨戶同學迅速舉手。

「哦，什麼呢，小澪。」

「也可以要求妳請我吃超商限定販售的鮮奶油銅鑼燒嗎？」

「那點要求很簡單哦。」

「加上超商限定販售的抹茶銅鑼燒的組合也可以嗎？」

「當然可以……話說小澪妳會不會太喜歡銅鑼燒了啊？」

我和愛學姊想了同樣的事情。瀨戶同學原來這麼喜歡銅鑼燒啊。

「銅鑼燒很好吃，難以自制。知道了，我也參加。」

「好，又得到一位參加者。已經有兩位參加了，參加者是先到先贏，只剩一個名額嘍！要快哦！」

她說有兩位參加，這是早已把我算進參加者了吧。

「能參加的人根本只剩我而已吧！……我沒有任何想讓妳幫我做的事情。我收拾好，要回去了。」

「……那個怎麼樣呢？」

「妳說什麼啊？」

「我是說圭妳想辦到的事情，我有辦法幫上忙哦。」

愛學姊挺起胸膛。我的眼睛快要看向她的胸部了，慌張地轉移視線。

「……我想辦到什麼事啊，妳說說看。」

「那麼請湊耳過來。」

如此說道的愛學姊走到清水同學身旁，花了數秒對她耳語。

「什……」

「怎麼樣？我想這對圭來說也不是壞事吧。」

「咕嗚嗚……」

清水同學看起來內心似乎相當糾結。

「……知道了，我也加入這場比賽。不過既然妳說了，就一定要實現哦！」

「那當然！那就確定全員參加！」

就這樣我們三個人，變成為了得到愛學姊給的獎勵，要用期中考的總分決勝負。這麼說起來，只有我還沒說出願望，沒問題嗎？

期中考第一天的早上，當我到教室時，已經有很多同學都到了。有人是好好讀書過的游刃有餘，有人幾乎沒讀書而感到不安並想藉由對朋友訴說來化解不安，也有人不和任何人說話，一個人專心地看著課本，呈現各式各樣的狀態。

「喂～大輝。」

「俊也早安。」

「早安，大輝你有讀書嗎？」

「嗯，我有比平常更努力讀書哦。俊也呢？」

「我和平常一樣哦。」

俊也的「和平常一樣」是指除了課本以外幾乎都沒念。如果是俊也以外的朋友這麼做，我可能會為他擔心，但如果是俊也就會覺得沒問題，這正是他的出色之處。實際上，俊也只憑這樣的念書量就總是考得比我的成績還好。

「這麼說起來，我從瀨戶同學那邊聽說天文社有開讀書會吧？真好耶，能夠跟瀨戶同學一起開讀書會……要是我，不管開幾小時的讀書會都可以哦。」

「哈哈哈……」

我忍不住苦笑起來。確實和瀨戶同學一起的這個條件，若是俊也就會開心地每天讀書吧。

「還有這次天文社二年級學生中成績最好的傢伙，可以讓愛學姊幫忙實現願望是嗎？」

「瀨戶同學連這個都說了啊。」

「對啊，以瀨戶同學來說，她難得燃起鬥志了哦。說要讓愛學姊請她吃銅鑼燒。可愛到我也想請她吃銅鑼燒了。」

一不小心俊也就拋出對瀨戶同學充滿愛意的發言，我忘記必須注意周遭這件事了。於是慌張地確認附近，幸好大家全都在聊考試的事，似乎沒有聽見我們的談話。

「那麼假如大輝是天文社中成績最好的人，你打算向愛學姊許什麼願望呢？」

「我？」

「你的表情是完全沒想過的表情耶。那麼，大輝你這次是為了什麼才會比平常更加努力讀書呢？」

「咦？因為如果天文社要做天體觀測，我們必須進入前四十名內……」

「那是為了天文社吧？沒有你自身想做的事嗎？你看，就像是不久前我們聊過的幫你做便當這種事啊。」

「那個幾乎已經實現了……」

「你說已經實現是怎麼回事啊？」

「我沒對俊也你說過嗎？不久前你因為要開會不在時，我忘記帶午餐錢，清水同學送過我便當哦。」

雖然是偶然，但之前我忘記帶午餐錢時，清水同學送過我她的手作便當。拜此所賜，想吃手作便當的這個欲望，現在已經幾乎沒有了。

「……原來如此，我不在時發生過那種事嗎？就算發生過那種事了，但該說大輝你是無欲無求還是什麼呢。一般來說，如果聽到可以拜託愛學姊幫忙實現願望，其他傢伙都不會保持沉默哦。不過我也沒興趣啦。」

「要讓人幫自己做什麼事，會忍不住覺得不好意思呢。」

「感覺這種地方是大輝的優點，同時也是弱點呢。不認識的人先不論，但來自認識的人的好意，你就稍微放鬆心情接受就好了。」

俊也似乎是以他的方式在擔心我。

「……你說得對呢。如果我是二年級學生中成績最好的人，我會思考想要的獎勵內容。」

「那就好！人類想實現的夢想是多一點比較好呢！」

真像是喜歡訴說夢想的俊也會說的話。

「對了，換個話題，清水同學最近變成話題人物了，你知道嗎？」

「不知道，清水同學做了什麼嗎？」

「放心吧，不是壞的話題。清水同學在教職員室……」

在俊也說完以前，教室的後門緩慢費時地打開了。

「嗯？誰來了嗎？……抱歉，大輝，我差不多該走了。」

如此說道的俊也快步回到了自己的座位。取而代之的是有個人慢慢地、緩緩地往我的座位靠近。

「早、早安，清水同學。」

「……哦。」

那個人是清水同學，更正確地說是渾身散發黑濁之氣的清水同學。

「今天的清水同學比平常更糟糕吧？」

「喂，她會聽見吧？我什麼都沒有說哦。要是發生什麼事，你要負全責啦。」

「真薄情！只有你，我絕對要拖你下水！」

和平常開朗的樣子不同，清水同學受到大部分同班同學的注目。對於那些同學們，清水同學沒有怒罵，也沒有無視，僅僅只是瞥了一眼。

「噫……」

耳邊傳來了不知是誰的慘叫。清水同學的眼神中毫無任何光輝，只有氣勢驚人的虛無，還有足以用驚悚來形容的兩隻濁黑色的眼睛。

「清水同學，妳沒事吧？」

「……沒事。」

雖然花了一點時間，她還是有回應我。不過看到她的眼睛，仍然忍不住擔心起來。

「是嗎？那樣就好……妳今天還是早點回家，好好休息會比較好哦？」

「……嗯。」

當我們這樣交談時，鈴聲響起，湯淺老師走進教室。

「那麼我們彼此期中考都加油吧。」

聽見期中考這個詞時，有一瞬間可以看見清水同學的眼中寄宿著生機。

「……這次的期中考，我不會輸給你和瀨戶的。」

「咦？嗯。」

難道清水同學的樣子很奇怪是因為期中考的關係嗎？

之後幾天，我們班在異常的緊張感中度過了期中考。聽俊也說，大部分同班同學都說希望趕快結束考試，從清水同學的壓力中獲得解放。另一方面，我一邊在意著清水同學的狀況，一邊度過期中考試，多虧有天文社的讀書會，答題手感比平常更好。

考試最後一天，寫完最後一科的瞬間，從考試和清水同學的雙重壓力之下獲得解放，許多同學都打從心底鬆了一口氣，俊也後來如此描述道。我也因為清水同學恢復成平常的狀態而感到安心許多，說不定和他們是一樣的心情。

「再見。」

考試結束後，其他同學在討論答題手感的時候，清水同學不知不覺間準備好要回家了。

「拜拜，明天見。」

大概是連回答的餘裕都沒有了吧，清水同學沒有回答我。原本想著我也回家吧，但還有時間，便決定順道去天文社一趟。

「大家好……」

「噓——安靜。」

當我打算打個招呼就進入天文社的社團教室時，被陽介學長阻止闖入。看來在裡面不能大聲說話。

「發生什麼事了嗎？」

代替說話，陽介學長用手指比了比，告訴我狀況。仔細一看，房間裡有兩個人正趴在桌子上。雖然看不到臉，從髮型和服裝等條件看來，能夠輕易地想到她們是清水同學和愛學姊。

陽介學長用手指向社團教室的門。應該是為了不吵醒她們兩人，他想去走廊說話吧。我看著陽介學長點了頭，我們兩人一起走到走廊上後，陽介學長終於開口：

「她們兩個來到這裡後就馬上睡著了，應該是相當疲累吧。」

「是這樣沒錯呢。還以為清水同學早就回家了。」

「是連回家的力氣都沒有了吧。她們就是為這次的期中考，努力用心到這個地步吧。」

「在讀書會以外的時間，她們肯定也是一直努力讀書呢。」

「是啊。圭有不會的題目時，甚至曾到教職員室問老師哦，這在老師之間廣為流傳呢。」

「清水同學……」

平常的清水同學恐怕不會做到這種地步吧。可以知道她真的是為了這次的期中考付出了全部的心力。

「直到變成這種狀態為止，她們倆都一直努力著，要是能夠實現天體觀測就好了呢。」

「你說得對。」

在這之後，我和陽介學長直到清水姊妹醒來為止，都一直待在走廊上聊天。

「今天我有重大的發表！」

期中考經過兩週的某個放學後，社團教室裡全員到齊時。愛學姊突然大聲地如此宣告。

「什麼事啦，快點說。」

「不要那麼心急嘛。剛剛湯淺老師來通知我……天文社所有人的總分都進入四十名內了，所以我們可以正式地在屋頂做天體觀測！太棒了——！」

愛學姊一蹦一跳地表達著她的喜悅。

「恭喜。」

「太好了呢，愛學姊。」
「謝謝各位可愛的學弟妹們！哎呀，可愛的學弟妹們的聲音還差一個耶？」
愛學姊凝視著清水同學。
「……這不是很好嗎？」
「哦哦！連圭都願意對我這麼說了！姊姊好感激！」
「很吵耶。我果然不該說的。」
「別這麼說嘛，圭。這次能夠實現天體觀測，妳的努力也幫了很大的忙哦。」
「啥？我什麼也沒做啊。」
「妳有去找老師問問題對吧？那麼做似乎讓老師們有了相當好的印象。」
清水同學的努力以意想不到的形式開花結果了。
「……我又不是為了讓他們印象好才去問問題的。」
「那樣反而才好吧。當然也多虧了小澪和大輝學弟的努力哦！湯淺老師也一直稱讚你們的成績進步了，他很開心呢！」
聽到這些話我鬆了一口氣，自己好像也有稍微幫上天文社的忙呢。
「所以最近預定要看天氣狀況來決定天體觀測的日程。希望假日有事的人能先跟我說，那就幫大忙了。所以天體觀測的事到此告一段落！我要進入下一個話題。」
「還有什麼事嗎……」

清水同學用一副受不了的表情看著愛學姊。

「接著是關於大家期待已久的獎勵。一開始先說我的！」

「要先說妳哦？」

「學生會幹部目標的總分加三十分，我到底有沒有達成任務呢，結果是……」

「太長了，快點說。」

「我竟然達成了！太好啦！」

愛學姊用力地往上舉起右手，表達自己的喜悅。看見她這樣，陽介學長溫柔地笑著，並為愛學姊鼓掌。

「恭喜妳達成目標，這次愛也比平常更加努力讀書準備考試了呢。之後妳想要什麼獎勵，或是想要什麼東西都可以說。」

「謝謝你，陽介！之後我會跟你要獎勵的，先做好覺悟吧！」

「如果妳能先跟我說想要的獎勵內容，我會很高興的。」

「那是之後的樂趣！然後是大家等候已久的獎勵，專門給學弟妹的哦！那麼大家都已經知道自己的期中考總分排名了吧？輪流說出自己的排名來一決勝負吧！附帶一提，我這次是第十八名哦！很厲害吧！」

確實第十幾名是相當前面的排名，愛學姊果然相當努力念書了吧。

「不要突然自誇啦。」

「哼～我可不想被第一名的陽介這麼說呢。」

「妳為什麼知道我的排名……」

「老師在教室誇你不是嗎？小愛可是不情願地聽見了哦。」

「妳這個順風耳……」

「在我附近說話就是你運氣不好。話題走偏了，那麼首先要由誰發表排名啊？」

「可以由我先開頭。」

舉手的人意外地是瀨戶同學。

「哦哦，小澪好耶。」

「為了銅鑼燒，我有努力讀書了。」

「原來如此，妳對銅鑼燒的愛如此深，很棒呢。那小澪的排名是第幾名呢？」

「第三十三名。」

「哦哦！讀書有成果了呢！」

由愛學姊的反應看來，瀨戶同學的成績似乎是比平常考試還要更好。

「那麼，下一位是輪到誰告訴我呢？」

清水同學看起來還沒有打算要說的樣子。

「那麼可以先由我說嗎？」

「當然ＯＫ～！大輝學弟的排名是第幾名呢？」

「……我的排名是第二十七名。」

「這樣啊！小澪以些微之差落敗了！」

「可恨……」

瀨戶同學的表情肌像平常一樣運作著，但仔細一看，感覺她稍微有點落寞。

「那麼只剩下圭一個人了！獲勝者是大輝學弟呢，又或者是圭呢！最後之戰！」

緊張氣氛達到最高點，話雖如此，我覺得嗨起來的只有愛學姊而已。

「那麼圭，妳的排名是？」

「……名哦。」

她的聲音很小，聽不清楚排名。周遭的人似乎也是如此。

「什麼？能否請妳再說一次呢？」

「……第三名啦！」

清水同學用連走廊都聽得到的大音量報告出自己的排名。

「竟、竟然！名次決定了！優勝者是清水圭！她和第二名拉開極大差距，取得壓倒性的勝利！」

感覺愛學姊的興奮程度完全沒有下降的趨勢。老實說我聽到是第三名也相當驚訝。

「恭喜妳，圭。為妳獻上附加獎勵的擁抱哦！」

「不需要，妳只要有好好地給我獎勵就行了。」

「竟然說不需要我的擁抱……不，這是指妳想在只有我們獨處的地方擁抱是嗎？還是妳不想和我，而是想和大輝學弟……」

「再說下去，我不保證妳還能活著哦。」

「我閉嘴！」

愛學姊到底是想說什麼呢？

「那就好。我要回去了。」

「咦咦！妳已經要回去了嗎！」

「今天我已經很累了啊。」

如此說道的清水同學拿起包包，往門的方向走去。

「清水同學。」

「什、什麼事啦。」

「恭喜妳考到期中考第三名，妳果然很厲害呢。」

「什……！你在說什麼啦……我要回家了。」

「嗯，明天見哦。」

我看見開門時的清水同學的臉有點紅，是我多心了嗎？

※　※　※

「太棒啦！」

回家後，我在自己的房間裡做出勝利的姿勢，品嘗著喜悅。

在平常的考試中我並沒有鬆懈過，但會認真準備這次期中考，起因於愛的一句話。

「期中考，天文社二年級學生中如果妳成績考到最好，天體觀測時我會讓妳和大輝學弟在絕佳的時機兩人獨處哦。」

這句話對我來說太過有吸引力了。就算把這是愛的發言這點列入考慮，也足以構成我努力的理由。

「……這樣一來，我可不准妳不給獎勵哦。」

我在心中下定決心，決勝之日就在天體觀測當天，要和本堂一起創造難忘回憶。

「……其他傢伙沒有要來的樣子耶。」

「嗯。」

天體觀測的日子逐漸逼近的某天放學後，我和瀨戶一同待在天文社的社團教室。

「本堂之前說過他今天有事不會來，愛和陽介有跟妳說什麼嗎？」

「愛學姊說她有學生會的工作會晚點到，我想坂田學長應該也是。」

「是嗎。」

感覺對話有些生硬，可能是我和瀨戶幾乎沒有兩個人單獨說過話的關係吧。

「我打擾到妳了嗎？」

瀨戶歪了歪頭。

「並不會打擾。」

「那就好。」

瀨戶從我身上轉開視線。談話到這裡似乎告一段落了，社團教室恢復寂靜。

只是我有事情必須趁現在弄清楚。

「喂，瀨戶。」

「什麼事？」

「可以占用妳一些時間嗎？」

「可以是可以，怎麼了嗎？」

「我有話想對妳說。」

「……真巧，我也有話想對清水同學說。」

「妳說什麼？」

這是出乎我意料之外的發展，沒想到連瀨戶都有話想對我說。

「誰先講？」

「在那之前我想先問一件事，妳打算說哪方面的事啊？」

「……關於本堂同學的事。」

「原來如此呢。這樣一來，妳想說的和我想說的，大概是同一件事。」

雖然不能肯定，但我感覺很可能說中了。

「是這樣嗎？」

「對啊。」

「那我們一起說？」

「就這麼辦吧。我說完預備後，妳就接著說。」

「知道了。」

我們兩人同時深吸了一口氣。

「預備！」

「妳喜歡本堂對吧！」

「清水同學喜歡本堂同學對吧？」

「什……！」

「咦？」

喜歡本堂這部分是相符的，但除此之外有著決定性的不同。

「為、為什麼妳會說我喜、喜歡……本堂呢……」

「在那之前先回答我的問題，為什麼妳會認為我喜歡本堂同學呢？」

「那是因為……」

為了說明這點，我就必須說出當本堂和瀨戶在聊戀愛話題時，其實我在裝睡的事情。

「嗯，我知道當我和本堂同學聊戀愛話題時，清水同學是在裝睡。所以妳可以不用擔心這件事會拆穿。」

「啥？」

我忍不住提高音量。她竟然知道我是在裝睡，那麼為何……想說的話多不勝數，但首先必須回答瀨戶的問題才行。

「那樣就好說了。妳和那傢伙……和本堂常常兩個人一起聊戀愛話題對吧！那個時候妳總是會問本堂的意見。其實是因為妳喜歡本堂，之後要偷偷當成參考對吧！」

我氣勢洶洶地用手指向瀨戶，但她什麼都沒說。

「哼，被我說中了，所以不出聲嗎？果然我想得沒錯……」

「唉……」

當我想著她終於開口了，瀨戶卻是深深地嘆了一口氣。

「妳、妳為什麼嘆氣啊！是在小看我嗎！」

連愛都不曾對我嘆氣過，現在這口長長的嘆氣讓我特別受到打擊。

「抱歉，忍不住。我剛剛什麼都沒說不是因為妳說中了，而是因為感到傻眼。清水同學妳的推測沒有一件說中。」

「妳說什麼？」

「首先我沒有將本堂同學當成異性看待。會和本堂同學聊戀愛話題，是為了要確認自己對真心在意的人的感情是不是戀愛。」

「……妳真的不是喜歡本堂？」

「我從剛才一直都是這麼說的。」

瀨戶的表情沒有變化，但我看不出她在說謊。

「是、是嗎。」

感覺自己的心情稍微變得輕快了一些。原來是這樣啊，原本以為瀨戶喜歡本堂，現在看來似乎是我搞錯了。

「……所以妳就放心吧。」

瀨戶像是能讀取我心思般的如此輕聲說道。

「放、放心什麼啦！不管妳喜歡本堂，還是不喜歡，對我來說都沒關係！」

我不禁將不曾想過的話脫口而出，有點討厭這樣的自己。

「那是騙人的，因為清水同學喜歡本堂同學，應該會非常在意我對本堂是怎麼想的。」

「妳剛剛也這麼說，妳為什麼會認為我……喜、喜歡本堂啊！」

「有好幾個證據。」

「……妳說說看啊。」

我不記得有留下證據，肯定是瀨戶在胡說八道。

「首先是髮型。」

有一瞬間緊張了一下，因為這件事我心裡有底。

「本堂同學說出他喜歡的髮型是公主頭後的隔天，清水同學就綁公主頭來學校了。要是妳對本堂沒有存什麼心思，應該不會做這種事。」

「嗚……！」

我和瀨戶同班又同社團，她會知道我改變髮型也不奇怪，即使如此她也算是有仔細觀察。

「那、那個是偶然。」

「公主頭有各種不同的樣式，連樣式都一樣也是偶然？」

「……是偶然。」

「不是妳參考過我貼了便利貼的時尚雜誌嗎？」

「我就說是偶然了吧！」

「要當成偶然也太過巧合……算了，我還有其他證據。」

「還有別的哦？」

「當然了，第二個證據是看《二十一公克的差異》的時間點。」

「嗚……！」

我記得太清楚了。瀨戶毫不在意我的動搖，繼續說道：

「本堂同學說出他覺得要是能和喜歡的人看同一部動畫並分享感想，感覺會很開心的同一天，妳就看了本堂說他看過的《二十一公克的差異》，這很明顯就是妳很在意他。」

「那是因為……那是因為那個啦，在那之後愛說《二十一公克的差異》很有趣，我才會想看的。」

「……妳還不承認嗎？」

瀨戶直直地凝視著我，就像在說：「妳趕快承認，就能解脫了。」

「妳就放棄吧，已經沒證據了吧？」

「……真拿妳沒辦法，這個證據如果可以我是不想說的……」

除了剛剛的兩件事之外，我沒有其他聽見瀨戶和本堂聊戀愛話題後採取行動的事了，所以瀨戶應該已經沒有可以提出來的證據才對……

「因為本堂同學說他想吃手作便當，妳就特地做便當帶來學校，不管怎麼想都只能得出這是因為妳喜歡本堂這個結論。」

「為什麼妳會知道這件事……」

我說到這邊後才發現事情不妙。

「果然被我猜中了。」

「妳是故意引我上鉤的！」

「我之前看見清水同學送便當給本堂同學，然後本堂同學在稍早之前才說過要是有人能幫他做便當會很開心。根據這兩項情報，不難推測出妳是為了本堂同學做便當並帶來學校的，只是我沒有證據。」

「所以妳才會試探我的反應嗎……」

「對。」

看來是瀨戶略勝一籌，只是我對一件事感到在意。

「話說回來，為什麼妳會看見我送便當給本堂呢？當時我和本堂都還沒加入天文社，妳會來注意我們，這很奇怪吧？」

「啊……」

瀨戶突然撇開視線。真可疑，瀨戶在隱瞞著什麼。

「難道妳果真是喜歡本堂……」

「……唉。」

瀨戶再度嘆氣，這次感覺她半是失望，半是放心。

「妳！竟然又對我嘆氣！給我適可而止！」

「抱歉，我只是覺得清水同學真的眼裡都只看見本堂同學而已。」

「妳這句話完全沒有打圓場啊。只是隨意說想說的話……還有妳為什麼會注意我們啊。」

「……我可以保持沉默嗎？」

「當然不可以。來，妳快說出來，就能解脫了。」

感覺自己的心情和試圖讓犯人招供的刑警一樣。

「……我想和妳做個約定。」

「怎麼啦，這麼鄭重，妳說說看。」

「如果妳要生氣，請不只對我，也要對愛學姊生氣。」

「和愛有關嗎……」

莫名有種不好的預感。與愛有關的這種預感經常會命中，讓我相當困擾。

「那麼妳為什麼會注意我和本堂呢？」

「……因為有人委託我監視清水同學。」

這個瞬間，我的腦中閃過某句話。

「只是我的內應也包含圭的同學在內，僅僅如此而已。」

我送手作便當給本堂的那天晚上，記得愛確實這麼說過。

「愛在班上的內應原來是妳嗎！」

「對，妳已經聽愛學姊說過了嗎？」

「我沒聽她說是誰！從什麼時候開始的？妳從什麼時候開始受到委託的？」

「從我一年級的時候開始。」

「從那麼早之前就開始了嗎！」

我至今為止都不曾發現。很想認為這不是因為自己遲鈍，而是瀨戶的監視能力太高強了。

「雖然說是監視，但也只是報告清水同學的現況而已，不是什麼了不起的工作。」

「……話雖如此，真虧妳能從一年級開始監視到現在耶。」

「為了銅鑼燒。」

「啥？」

「當我把清水同學的事情告訴愛學姊後，常常能得到銅鑼燒。」

「妳不要被食物引誘啦！」

當我以為她是忠於學姊的學妹時，瀨戶意外地是個現實的傢伙。

「銅鑼燒很好吃，我也沒辦法。那麼怎麼樣呢？打算承認妳喜歡本堂了嗎？」

「什……」

這麼說起來，我們原本聊的是這件事。

「其他還有烹飪實習課時，妳和本堂同學關係融洽地一起烹飪之類的，還有很多證據。」

「嗚咕咕……」

「妳就承認妳喜歡他，早點解脫會比較好。」

到剛才為止的立場逆轉過來了。

「我知道啦……」

「抱歉，我聽不太清楚，妳說了什麼？」

「我說我知道啦！沒錯，我喜歡本堂！」

我忍不住大聲說出來了，希望沒有傳到走廊上。

「……妳給點反應啦。」

「原來清水同學真的喜歡本堂同學呢。」

「是妳剛剛這麼說的吧！」

「雖然是這樣，但我剛剛還沒辦法確定……」

她向我提出了好幾個證據，還以為瀨戶完全知道我喜歡本堂了，看來並非如此。

「是這樣嗎？那麼妳已經知道我……喜、喜歡本堂了，打算怎麼做？」

「……有件事想請妳幫忙。」

「妳說什麼？」

瀨戶突然說出了讓我意想不到的話。

「我把話說在前頭，如果是作為不說出去的交換要我給銅鑼燒，我會拒絕的。」

「……我不會說那種話。」

「喂，那個停頓是怎樣。妳聽到我的話後，一瞬間就想著『還有這種方法啊』對吧？」

「我不至於會為了銅鑼燒做出那種威脅……應該。」

「這句話妳要說得自信點。」

要不然，我為了封瀨戶的口，就得經常攜帶銅鑼燒了。

「……銅鑼燒會請愛學姊買。回歸原本的話題，我想說的是，我們有能夠為了彼此好而互相幫助的事情。」

「為了彼此好而互相幫助的事情？」

「對，例如我可以像之前一樣，在裝睡的清水同學身邊和本堂同學聊戀愛話題，從本堂同學口中問出他對女孩子的偏好。」

「原來，如此。」

「其實之前在聊戀愛話題時，我就是抱著想讓清水同學知道的打算來問本堂同學的。」

「謝謝妳特意費心哦。」

「不客氣。那妳覺得怎麼樣？我想這是個不壞的提議。」

「……確實對我來說是個不錯的提議。但假如僅僅只是這樣，對妳沒有好處吧？妳想要我做什麼呢？」

剛剛瀨戶說我們有能夠為了彼此好而互相幫助的事情，也就是說，瀨戶應該有事想藉助我的力量。

「……我想請妳做兩件事。」

「妳說說看。」

「首先想請妳教我關於戀愛的事。」

「啥？」

「請妳教我關於戀愛的事。」

「我不是沒聽到，妳這是什麼意思？」

她是用認真的表情說的，所以我想不是在開玩笑，儘管如此還是捉摸不透具體的內容。

「剛剛清水同學說喜歡本堂同學，也就是說妳正在戀愛中。正在戀愛的人應該會清楚戀愛是什麼。我不懂戀愛是怎麼一回事，所以想請清水同學教我。」

「我也對戀愛不算相當了解哦……」

「只要有了解就行。」

我再次看向瀨戶，她的眼神很認真。

「例如清水同學喜歡本堂同學的什麼地方呢？」

「什、什麼啦，問得這麼突然。妳問什麼地方……應該是他並非看我的外表，而是有好好看到我的內在吧，這點可能也不能說不喜歡吧。」

「……原來如此，那麼下一個問題，妳是什麼時候自覺到喜歡本堂同學的？」

「什……是高中一年級的時候。」

「那我倒是沒有發現。下一個問題，妳會想和本堂同學親吻嗎？」

「妳、妳真的到底在問什麼啦！」

我在腦中做出想像。本堂的臉逐漸靠近，然後變成同一個剪影……

「……清水同學好可愛。」

「妳如果是想找我吵架，就來吧。」

「我沒有那種打算，對不起。只是想像親吻就滿臉通紅的清水同學和平常給人的印象差距太大了。」

「……下次我就不饒妳了。」

「知道了，我想說的是希望妳能像這樣回答我的問題。」

也就是想把我對本堂的感情當作參考吧。

「……唉，我知道了。不過就算妳沒辦法理解，我也不管哦。」

「嗯，謝謝妳，清水同學。」

「然後妳還有另一件想要我幫忙的事吧，妳說說看。」

「……想請妳幫忙讓我和我在意的人感情變得更好。」

這又是個吐槽點很多的要求呢。

「說到底，妳在意的傢伙是誰啊？」

「……啊！」

瀨戶似乎到現在才發現自己沒有說過在意的傢伙的名字。

「不說出他的名字不行嗎？」

「妳不說，我怎麼讓妳和他感情變好啦！」

「……有道理。知道了，我說。我在意的人是……松岡同學。松岡俊也同學。」

瀨戶說出名字所花費的時間比我想得還要短。瀨戶在意的人是松岡，老實說很意外……松岡？這麼說起來，那傢伙不是說過喜歡瀨戶嗎？

「怎麼了嗎？」

怎麼辦，我該說出「松岡他喜歡妳哦」嗎？瀨戶從頭到尾都說松岡是她在意的人，也就是說她還不確定自己喜不喜歡松岡。老實說我對松岡沒什麼興趣，但假如在告白之前就曝光自己的喜歡之情，感覺他有點可憐。

「不，沒什麼。」

我決定不說出松岡對瀨戶的心意。

「是嗎？那麼清水同學，妳願意幫忙讓我和松岡同學感情變好嗎？」

「就算妳要我幫忙，但具體來說該做什麼啊？我和松岡感情又不好。」

「確實是，松岡同學很怕清水同學。」

「妳再說得委婉一點吧。」

瀨戶的發言雖然是無意的，但有些帶刺。

「抱歉，總之我沒有要清水同學馬上做什麼。只是之後要是有想請清水同學幫忙的時候，我會立刻跟妳說。」

「知道了，不過要是不想做，我會拒絕哦。」

「那樣也行。清水同學覺得可以幫我時再幫忙就好了，這樣我就很開心了。」

如此說道的瀨戶迅速地朝我伸出手。

「妳那隻手是怎樣？」

「這是重新請妳多多指教的手。」

「……如果妳之後對和我互相幫助感到後悔，我也不管哦。」

我握住了瀨戶的手。那時看見瀨戶的嘴角稍微揚起，但肯定是錯覺吧。

「這是成為新生的天文社之後，第一次的校外活動！」

「儘管是校外活動，也不過是來採買東西而已吧。」

隔天即將要天體觀測的週六，我們天文社五個人造訪了比較大間的超市。

「不過實際上在變成五個人之後，我們還沒在學校外面活動過不是嗎，所以才會不小心太興奮了嘛。」

「興奮是沒關係，可別造成其他客人的困擾哦。」

「那當然啊！」

「能做到就好……我再次確認目的哦，今天來超市的理由是為了確保明天要吃的食物。」

「之前聽說的時候我有想過，這樣吃完晚飯後再集合不就好了？」

我也想過這件事，太陽下山才能做天體觀測，應該在入夜之後再集合會比較好。

「除了天體觀測之外，還有其他想做的事啊，所以才希望大家在中午就先集合。」

「還想做什麼啊？」

「那是大家集合之後才會知道的樂趣！」

「附帶一提我也沒聽說過。」
「我也是。」
「除了愛以外，真的沒人知道哦？」
這樣沒問題嗎？我不太放心。但如果是愛學姊，應該不會做出不好的事吧。
「總之如果要從中午就開始活動，希望在做天體觀測之前能吃完晚飯。本來覺得在學校附近的餐飲店吃也可以，但愛似乎有想做的事……」
「又是妳的提議嗎……」
「難得大家有機會在假日時聚在一起，就會想做點有趣的事吧。」
「關於這件事我也知情，因為被使喚幫忙做了很多事。雖然覺得不需要隱瞞大家啦……」
「不可以。我希望大家能期待到當天為止，所以你要保密。」
愛學姊似乎想要將明天的晚餐內容當成祕密，但我覺得從今天買的食材就能看出來了。
「由於這個緣故，晚餐的菜單明日再行發表，請大家稍待。」
「我明白了。」
「那麼我想趕快買東西，五個人一起逛效率太差了，也可能會妨礙到其他客人，所以我希望今天分成兩組人馬來採買東西。」
「可以是可以，但要怎麼分啊。」
「分成三年級和二年級可以吧？」

愛學姊回答了清水同學的疑問。

「我覺得這樣可以。」

「我也可以啊。」

「我也沒問題。」

「圭妳覺得呢？」

「……我也覺得這樣可以。」

「那就決定啦！」

就這樣，我們分成兩組人馬進行採買。

「我看了妳給的便條紙，上頭寫的東西全都是點心和果汁吧！」

「哈哈哈……」

「銅鑼燒呢？有寫銅鑼燒嗎？」

「怎麼可能寫……有寫……」

「不愧是愛學姊，很理解需求。」

「那個需求也太侷限了吧。」

「我不能再這樣耗下去了，先走一步去確保銅鑼燒。」

「喂，等一下，像妳一樣這麼想要銅鑼燒的人不可能那麼多吧！」

沒有聽清水同學的話，瀨戶同學拋下我們走掉了。

「那傢伙對銅鑼燒的執念是怎麼回事啊……」

「有、有喜歡的東西也算好事吧。」

「也該有個限度吧。」

「總之我們也追上去吧。」

「你說得對，反正她人應該是在日式點心販售區吧。」

就這樣，我和清水同學兩個人一起前往日式點心販售區。

「這裡比我想得還要大呢。」

「是啊。」

瀨戶同學和我們分開行動後過了數分鐘，到現在都還沒找到她。這是因為我們來到日式點心販售區時，瀨戶同學已經不在這裡了。

「那個銅鑼燒怪獸完全走散了耶。」

「雖然我覺得沒問題，還是先跟愛學姊他們聯絡吧。」

我拿出手機，向愛學姊報告瀨戶同學下落不明的事。

「既然也聯絡好了，總之先一邊採買東西，一邊找瀨戶同學吧。」

「……那傢伙竟然費奇怪的心。」

「費奇怪的心？」

她到底在說什麼呢？

「我在自言自語。那傢伙應該也會在不久後回來，我們走吧。」

「好。咦？」

當我打算跟在清水同學身後時，發現了一個令人在意的人。

「怎麼了，本堂？」

「稍等一下哦。」

我走向位於日式點心販售區的一個小女孩身邊。她正露出不安的表情東張西望著，因此才會引起我的注意。我蹲下來和小女孩對上視線。

「可以打擾一下嗎？」

「咦？呃、嗯。」

小女孩應該是沒想到我會找她搭話，看起來嚇了一跳。

「我叫做本堂大輝。妳的爸爸和媽媽怎麼了？」

「……不見了，媽媽不知道去了哪裡。」

小女孩這麼說完，露出了馬上就要哭出來的表情。得趕快讓這個孩子安心才行。

「沒事的哦，我會找到妳的媽媽。」

「真的？」

「嗯，所以妳不要擔心。」

「……我知道了。」

看來成功讓她安心下來了。

「那麼該怎麼找到這傢伙的媽媽呢？」

「清水同學妳都聽見了嗎？」

「是啊，既然聽到了，就不能只有我再這樣繼續採買吧。趕緊找到這傢伙的媽媽吧……你那副表情是怎樣啦？」

看來我似乎把心裡的想法表現在臉上了。

「謝謝，清水同學果然很溫柔呢。」

「我、我可不想被會自找麻煩的人這麼說呢。好啦，趕快找她媽媽吧。」

「欸，大輝，這個可怕的人是？」

小女孩用手指著清水同學，是想要問她是誰吧。

「她不可怕哦。這個人是清水圭，她是位溫柔的人，妳放心，沒事的哦。」

「我知道了。」

「那我們去找妳的媽媽吧。」

「嗯！」

我和清水同學變更原本的目標，為了找尋小女孩的媽媽而在超市裡四處搜尋。

開始搜尋後過了一會兒，還是找不到小女孩的媽媽，沒有很大的進展。唯一能確定的是小女孩的名字叫做小皋這件事。

「小皋的媽媽會在哪裡呢？」

「實在想不到啊，所以我們才會逐一尋找吧。」

「妳說得對……」

現在我們是以我和清水同學中間夾著小皋的形式走著。幸好小皋的心情不錯，她露出笑容跟著我們一起走。

「只是這樣一來……」

「要說沒辦法，還真的是沒辦法呢。」

今天我和清水同學都穿著便服來超市，大概是因為這樣，看起來就像是年輕家庭一樣，周遭的大人都投以溫暖的視線。

「現在的小孩看起來都是娃娃臉嗎，那個爸爸和媽媽看起來都只有高中生的年紀呢。」

「是啊，那對父母和小孩每個人都很可愛，真羨慕啊。」

周遭的聲音傳了過來，實際上我和清水同學就是高中生，但也不可能面對他們如此說明。

「喂，本堂，我們快走吧。」

「嗯。」

「啊！圭、大輝等一下。」

小皋叫住了清水同學。

「怎麼了啊？」

「手要緊緊的。」

「妳是想要手牽手嗎？」

「嗯，右邊是大輝，左邊是圭哦。」

「如、如果做那種事，看起來會更像一家人吧！」

「不行嗎？」

「嗚！」

小皋由低處抬眼盯著清水同學。

「真、真拿妳沒辦法，來，手給我。」

「嗯！」

小皋很開心地和清水同學牽起了手。

「來，大輝也來！」

「嗯。」

我也跟在清水同學之後，和小皋牽手。

「大輝，接著要去哪裡？」

「怎麼辦，本堂，我們已經幾乎找遍整間店了。」

「小皐的媽媽可能也是到處走動在找她吧？」

若非如此，就無法說明為何我們找不到小皐的媽媽。

「要是走著走著會錯過，那在某個地方等比較好嗎？」

「是啊，反正都要等，就到休息區等吧。小皐，可以嗎？」

「可以呀！」

於是我們手牽著手，前往位於超市內的休息區。

幾分鐘之後，我們三個人已經在休息區了。小皐正喝著從自動販賣機買來的果汁，喝得津津有味。

「我暫時不想動了。」

「辛苦妳了，清水同學。」

清水同學似乎在三個人手牽手走到這裡的這件事上耗費了相當多的精神。

「你之後要好好跟這傢伙的媽媽要回果汁錢哦。」

「這點小錢沒問題，而且是我自己想這麼做的。」

「你啊……」

清水同學用受不了的眼神朝我看來。

「圭，我想玩！」

不知不覺間小皐已經喝完果汁了。

「可以是可以，但不能造成周遭人的困擾哦。」

「我知道了！那要玩什麼？」

小皐的眼睛閃閃發亮。

「來畫圖怎麼樣？」

如此說道的清水同學從包包裡拿出筆記本和原子筆，遞給了小皐。

「謝謝妳！」

「哦。」

收到筆記本和原子筆的小皐很快地開始畫起圖來。

「……怎樣啦，你那種眼神。」

當我看著這幅光景時，清水同學陰沉地朝我瞪視。

「不，我只是覺得清水同學很會照顧人。」

「不論誰都會這麼做吧？」

「我想並非如此哦，其實小皐會這麼親近妳，也是因為清水同學很溫柔的緣故。」

「只是這傢伙很親人吧？」

「是這樣嗎？」

我看向小皋。雖然是我的直覺，總覺得小皋和輝乃一樣都是怕生的個性。
「清水同學，感覺妳將來會成為一位好母親呢。」
「什……你說這個……」
清水同學的臉染成紅色，是我說了什麼奇怪的話嗎？
「妳怎麼了？」
「什、什麼都沒有。話說回來，要花多久等這傢伙的媽媽過來啊？」
「這間超市很大，可能會花不少時間吧。」
「畫好了！」
「妳已經畫好了啊，真快耶，讓我看看。」
「嗯！」
那張圖上畫著手牽著手的三個人。
「中間是我，兩邊是大輝和圭。」
「妳畫得還滿好的嘛。」
清水同學摸了摸小皋的頭。
「欸嘿嘿。」
就在此時，店裡開始廣播今日特賣品的宣傳，讓我靈機一動。
「啊！」

「你怎麼了？」

「我想到可以告訴小皋的媽媽小皋在哪裡的方法了。」

「有那種方法嗎？」

「嗯，有哦，所以我們走吧。」

「要去哪裡？」

「去服務櫃台。」

從那之後又過了一會兒，我們在服務櫃台。我決定利用店內廣播把小皋的媽媽叫來這裡。

「你不覺得這種狀態很害羞嗎？」

我牽著小皋的手等候，這時清水同學拋來提問。

「雖然害羞，但也覺得懷念呢。」

「懷念？」

「小時候我和輝乃不管去哪裡都一定會牽著手，但自從輝乃長大之後，就不再牽手了。清水同學妳和愛學姊不會做這種事嗎？」

「如果和那傢伙牽手，會被她拉著走。」

看來愛學姊從以前就有著超乎尋常的行動力。

「小皋！」

我將視線轉向聲音傳來的方向，那裡站著一位女性。

「媽媽！」

小皋放開我和清水同學的手，猛然衝去那位女性身邊。然後那位女性用力地抱住小皋。

「太好了……能找到妳真是太好了。」

「媽媽，有點痛痛。」

「抱、抱歉。」

我和清水同學走近她們兩人的身邊。

「那個不好意思，難道妳就是小皋的媽媽嗎？」

「啊，是的。是你們幫忙把小皋帶來這裡的嗎？」

「是的。」

「是啊。」

「真的很謝謝你們。」

這麼說完，小皋的媽媽深深地低頭行禮。

「啊，請抬起頭來。」

小皋的媽媽緩緩地將頭抬回到原本的位置。

「我買東西沒有看著她時，這孩子就不見了。這間超市很大，找她找很久也找不到。要是沒有你們，我沒辦法這麼快就找到小皋。真的，真的很謝謝你們。」

「哪裡哪裡，小皋能夠和媽媽重逢真是太好了。清水同學也是這麼想的對吧？」

「不要丟話給我接。這、這不是很好嘛？」

「我該怎麼道謝才好呢……來，小皋也向大哥哥和大姊姊說謝謝吧。」

被這麼一說，小皋轉頭用笑臉面對我們。

「大輝、圭，謝謝你們一起幫我找到媽媽。」

「不行哦，不可以直呼人家的名字！」

「沒關係的，是我要她這麼叫的。」

「很、很抱歉。然後還有一件事……」

「怎麼了嗎？」

感覺事情告一段落了，還有什麼事嗎？

「為了感謝你們幫助小皋，請讓我送你們謝禮。」

「咦，妳不用做到這種地步也沒關係的！」

「是啊，我不是為了回禮才幫忙的。」

「就算你們這麼說，但還是占用到你們兩位的時間了。」

這是怎麼了，感覺她好像誤會了什麼。

「請問，妳覺得我和清水同學是什麼關係呢？」

「咦？你們應該是戀人吧？」

「什……！」

「不、不是的。」

她有誤會這件事正如我所想，但她誤會的方向卻是出乎我預料。

「是這樣嗎？你們兩位很般配，我完全以為……」

「咦，大輝和圭，不是戀人嗎？」

「就說不是了吧！」

原來連小皐都誤會了嗎？

「不過圭看大輝的眼神很少女……」

「妳、妳從哪裡學到這種話的！」

看來小皐是個有點早熟的孩子。

「原來啊，原來。」

不知為何，感覺小皐的媽媽看著我們的眼神有些變化。

「算了，如果不管怎樣都想送我們謝禮，我想要那個。」

「那個是指？」

清水同學和小皐對上了視線。

「喂，剛剛畫的圖，妳還帶著嗎？」

「嗯！」

小皋從口袋中拿出折起來的筆記紙，看來似乎是剛剛在休息區用來畫圖的筆記紙。

「可以給我那張畫嗎？」

「可以，要好好珍惜哦！」

「好。」

清水同學從小皋手中收下畫有圖畫的筆記紙。

「那張圖就行了嗎？」

小皋的媽媽露出了覺得詫異的表情。

「我這樣就行。我們還有要買的東西，差不多該走了。妳可別再放開那傢伙的手了哦。」

「好的，真的很謝謝你們。」

「拜拜，圭、大輝。」

「再見啦。」

「再會。」

就這樣我們尋找小皋媽媽的事情已經落幕。

「……這麼說起來，結果瀨戶是去了哪裡啊？」

「啊！」

從那之後我們又轉向搜索完全遭到遺忘的第一位遇難者。

某一個假日，我穿著制服站在自家玄關。為何明明是假日，我還穿著制服呢？那是因為為了做天體觀測，今天要去學校的緣故。

「我出門了。」

當我正要打開玄關的門而握住門把時，後方傳來聲音叫住我。

「等一下，哥哥。」

我轉頭一看，輝乃不知為何正站在玄關前的走廊上。

「怎麼了，輝乃？」

我應該已經告訴過輝乃，今天為了做天體觀測要去學校。

「……你要走了嗎？」

「嗯，今天很晴朗，是非常適合做天體觀測的天氣。妳有什麼事嗎？」

「……沒有，沒什麼。」

只說完這句話，輝乃就離開了。

（她是怎麼了呢？）

雖然有點擔心輝乃，但想起快到集合時間了，便趕緊打開玄關的門。

「大家好。」

距離集合時間大約十分鐘前，我到達了天文社的社團教室。

「哦，大輝學弟也來了呢，這樣天文社就全員到齊啦！」

如同愛學姊說的，社團教室中已經集齊除了我以外的四名天文社社員。

「很抱歉我晚到了。」

「本堂學弟不需要道歉，不過是我們太早到了而已。」

「是啊是啊，而且還沒到集合時間，完全沒問題哦。」

「謝謝，那麼愛學姊，接下來要做什麼呢？」

我一邊坐到座位上，一邊詢問愛學姊。

「對啊，愛，結果接下來妳打算要做什麼啊？」

「呵呵呵，問得好。既然社員都到齊，那我也可以透露了吧。」

愛學姊不知為何擺出莫名其妙的姿勢。

「不要裝模作樣了，快說。」

「我同意清水同學的話。」

「真是沒耐性的大小姐們呢。不過沒關係，我就說出我的計畫吧。接下來要做的事情就是……」

「就是？」

「國王遊戲！……奇怪，大家是怎麼了？為什麼露出那麼傻眼的表情？」

「……特地提早好幾小時集合，為什麼是要我們玩國王遊戲啊？」

確實，愛學姊是出於什麼意圖而想讓大家玩國王遊戲呢？

「沒有啦，我當然是有好好思考過的。成為新生的天文社之後，已經過了一個月以上，但我覺得社員們之間的連結還是不太緊密。所以便思考該怎麼做才能讓大家更加有向心力，最後想到的是國王遊戲。」

「為什麼結果會變這樣，如果是餘興活動，還有很多其他選項吧？」

正如陽介學長所言，不限於國王遊戲，我覺得還有其他提升向心力的手段。

「因為如果玩運動類，情勢會對運動神經出色的圭有利，解謎類會是陽介比較吃香吧？所以我往需要一定運氣成分而且大家都能盡興的遊戲去思考後，才得出了國王遊戲這個結果。」

「……確實有理。」

愛學姊的說明似乎讓瀨戶同學稍微能夠接受了。

「的確和運動或讀書有關，會有利與不利之差，妳選擇國王遊戲的原因我明白了，那麼規則有好好決定了嗎？」

「當然啦，不知道大家對國王遊戲的理解程度到哪裡，所以從頭開始說明哦。」

如此說道的愛學姊從包包中拿出五支細長的方形木棍，應該是拆開後的免洗筷吧。

「國王遊戲會使用的道具基本上只有這五支籤。一開始大家先抽籤，抽到籤上寫著『王』的人就是國王。國王能夠指定一到四的數字並下命令。來試玩一次看看吧。」

愛學姊用能遮住下方的拿法拿著五支籤。

「一人輪流抽一支籤。」

我遵照指示抽了籤，抽到的籤上寫著二。

「大家一起說：『誰～是國王！』抽到寫著王字籤的人是誰啊？」

「是我。」

瀨戶同學慢慢地舉手。

「那麼這次是小澪當國王哦。妳試著宣告一到四之間的數字後，下個命令吧。」

「什麼命令都可以嗎？」

「只要在常識範圍內都ＯＫ哦。」

「知道了，我指定的數字是二。」

我緊張了一下，正是我手上的籤的數字。

「命令是……要是有帶點心，給我一個。」

「這可不是萬聖節哦！」

距離玩不給糖就搗蛋的時期還相當早。

「呵呵，很有小澪的風格呢。那麼二號的人是誰啊？」

「是我。」

「原來如此，是大輝學弟啊。那你有帶著點心嗎？」

「請稍等我一下。」

我在背包中尋找，這麼一找，就找到了之前聽瀨戶同學說了之後，感到有興趣而買的抹茶銅鑼燒。

「這個可以嗎？」

我將銅鑼燒遞給瀨戶同學。

「本堂同學是神明嗎？」

「……如果能讓妳開心，那就太好了。」

不知道是不是我多心，瀨戶同學的聲音似乎比平常還要開心。

「好，到此告一段落！大家抓到大致的流程了嗎？」

除了愛學姊以外的天文社成員都點頭了。

「很棒呢，那麼是提問時間！大家有不懂的地方就提問吧！不過國王遊戲開始之後也可以問啦。」

「那我有想問的事。」

「好，陽介，什麼事呢？」

「被命令的一方有拒絕權嗎？」

「嗯～陽介，原來你想下壞心的命令啊。」

愛學姊的臉浮現一抹很適合表現壞笑的笑容。

「我這是為了確定妳當國王的時候，要遵守妳的命令到何種程度。」

「我不會下那麼過分的命令哦！不過說得也對呢，如果不管什麼命令都得聽，說不定會發展成難以收拾的事態呢。那就這麼辦吧，除了下命令的人和被命令的人之外，如果全部的人都說不行，那個命令就要取消。」

「為什麼不是由被命令的本人決定啊？」

「要是這樣做，圭妳會取消所有對自己下的命令吧？」

「唔……！」

看來是說中了。

「命令的拒絕權是必要的，但假如全部的命令都不行就不好玩了啊。」

「……確實可能是這樣沒錯。」

「看來陽介也能接受了，那就進入下一個提問吧，你還有其他想問的問題嗎？」

「我目前沒有其他問題。」

「ＯＫ～學弟妹們有沒有想問的？」

「我沒有。」

「我也沒有。」

社員的視線都集中到清水同學身上。

「……我也沒有啦。」

「好，國王遊戲的規則已經說明完畢，那麼國王遊戲開始！」

「誰～是國王！」

「我是國王！」

「是妳哦？」

「幸運女神似乎很中意我呢。」

這次的國王也是愛學姊，這次她到底會下什麼樣的命令呢？

「目標要選誰好呢？」

如此說道的愛學姊環視眾人。我忍不住從愛學姊身上撇開視線。

「啊，大輝學弟撇開視線了？那麼就選你吧。」

「哪有可能如妳所願地下命令啊。」

是這樣沒錯，但在這個時候說這句話，我只感覺是在立旗耶。

「妳說了喔？就讓妳看看我的力量吧，我命令，二號和四號十指緊扣一起走去自動販賣機買果汁回來！」

原來也能同時命令好幾個人嗎？這麼說起來，這次我還沒確認自己的數字，於是看向手上的籤，上頭寫著四。

「二號和四號是誰啊？」

「四號是我。」

「ＯＫ～另一個人也快點舉手哦。」

過了大約幾秒鐘後，某個人用可以說很勉強的感覺舉起了手。

「……二號是我。」

「那麼大輝學弟和圭要十指緊扣去買果汁哦。來，這是錢。」

「謝、謝謝。」

如此說道的愛學姊遞給我兩百日圓。

「喂，我想拒絕，要開啟審議。」

「咦～已經要審議了嗎？好吧，也可以，那麼陽介先生和小澪，這個命令可以成立嗎？如果覺得不行就舉手。預備，舉手！」

舉手的只有陽介學長。

「喂，瀨戶！」

「如果今天是平日我會覺得不行，但今天是假日，很少人在學校，不太需要擔心會有人看見，因此勉強通過。」

「就是這樣。那麼請兩位實行命令。啊，附帶一提，除了買果汁以外的時間如果把手放開就要重頭再做一次，請見諒。」

「咕嗚嗚……之後我要給妳好看……」

清水同學看起來是打從心底感到不甘心的樣子。

「要是妳做得到就做啊。好了，你們兩位趕快把手牽起來。」

「清水同學，我們速戰速決吧？」

我從座位起身，朝清水同學伸出手。

「等一下。」

如此說道的清水同學閉上眼睛並大口深呼吸。有需要那麼大的覺悟嗎？

「……我要牽了哦。」

「嗯。」

清水同學的左手慢慢靠近我的右手。在她的手已經相當靠近時，我握住了那隻左手。

「呀！」

清水同學發出了平常不曾發出過的聲音，滿臉通紅地往我這邊瞪過來。

「抱歉，我太快握手了嗎？」

「……剛才的聲音你就當成沒聽見過。」

「我、我知道了。」

「那就好，走吧。」

我和清水同學踏上了以自動販賣機為目的地的旅途。

離開社團教室後過了幾分鐘，我和清水同學還沒走到自動販賣機。這是因為假日的學校裡意外地有很多人在，為了不讓那些人看見，我們時而藏身在隱蔽處，時而退回來時路。還有部分原因是從社團教室到自動販賣機原本就有點遠。

「假日的學校比我想得還多人呢。」

「是啊。」

如此說道的清水同學也依然警戒著四周。看到這樣高度警戒的清水同學，就想起今天我還沒提及她的那個髮型。

「雖然有點晚了，清水同學今天的髮型是公主頭呢。」

「你突然提這個做什麼，是有什麼不滿嗎！」

「我沒有不滿啦，只是覺得很適合妳而已。」

「……是嗎。」

「平常的長直髮讓清水同學的美麗頭髮顯得特別好看，但公主頭和平常給人的印象完全不同，我也覺得很好看哦。」

「沒、沒人叫你說到這種程度吧！」

清水同學握住我的手的力道變強了。

「我的手有點痛呢。」

「抱、抱歉。」

力道一口氣變弱了，感覺清水同學的手比剛才還要熱。

「清水同學，妳的手比剛剛還熱，沒事吧？」

「……是你多心了。」

「是嗎？」

「要不然你覺得是怎麼樣啊？」

「我在想清水同學是不是和我一樣感到緊張呢。」

「什……」

「因為我沒有體驗過像這樣和人十指交扣地牽手，老實說，相當緊張呢。清水同學不會緊張嗎？」

清水同學沒有回答，可能是我說了多餘的話吧。當我開始感到擔心時，她終於開口：

「別把我和你混為一談。我對牽手這點小事不會感到害羞……」

總覺得清水同學的聲音比平常還小聲。

「是這樣啊，那麼感覺妳的手在發熱，也可能是我的錯覺吧。」

「對、對啊。好了，我們別一直說話，快點走吧。」

「嗯。」

清水同學可能之前也曾跟誰牽過手吧，若是那樣，她不覺得緊張也能說得通了。只是不知為何，想到這裡感覺心裡變得有點刺刺的。

又過了幾分鐘後，我們終於到達自動販賣機前。愛學姊說買果汁時可以放開手，所以我暫時放開清水同學的左手。

「愛沒有說要買哪種果汁，就隨意買吧，那傢伙幾乎沒有不能喝的飲料。把愛給的錢投進去吧。」

「我知道了。」

我將愛學姊寄放的錢投進自動販賣機，清水同學毫不猶豫地買了碳酸水。

「找的錢我先收著哦。」

「好，碳酸水由我拿。」

「知道了，那麼再來牽手吧。」

我再次向清水同學伸出右手。

「稍微讓我準備一下。」

「好啊……清水同學，妳果然是對十指緊扣感到緊張吧？」

「我、我剛剛不是說過不緊張了嗎！」

「若是那樣，妳應該能夠立刻牽手吧？」

「唔……！」
清水同學有幾秒間露出充滿苦悶的表情，不久就像是下定了某種決心，和我對上視線。
「……有。」
「抱歉，我聽不清楚，妳可以再說一次嗎？」
「我說我有緊張啦！我從來沒和人十指緊扣過，所以不管和誰牽，都會有點緊張啊！」
原來清水同學不曾和別人十指緊扣過嗎，我的猜想似乎沒中。知道這件事的瞬間，心中刺刺的感覺不知消失到哪裡去了。
「好啦，你滿意了吧！要走了喔，伸手！」
「呃、嗯。」
我重新向清水同學伸出右手，她隨即毫不猶豫地用左手牢牢地握住我的右手。
自從啟程以來已經過了十分鐘以上吧，我和清水同學終於回到社團教室。
「啊，你們兩位終於回來了。」
「妳看，這個可以吧？」
如此說道的清水同學往愛學姊丟出寶特瓶，愛學姊慌張地設法接住了。
「接得好！」
「不要自己說。」

「你們在路上有好好牽著手嗎？」

「那當然啦。」

「負責監視的小澪，有跟她本人說的一樣嗎？」

「就像清水同學說的一樣，他們兩人除了買果汁以外都一直牽著手。」

從後方傳來聲音，我往那邊看過去，那裡站著的竟然是瀨戶同學。從她的發言可以得知，她似乎隱藏身影監視著我和清水同學。我完全沒發現。

「ＯＫ～那樣就任務達成啦。」

「妳滿意了嗎？」

「那是當然的。那麼你們兩位要感情很好地手牽手到什麼時候啊？」

我和清水同學什麼都沒說，同時放開了手。

「咦，你們要放手了嗎？即使沒有命令，你們還是可以一直牽著手啊？」

「誰、誰會沒有受到命令還十指緊扣啊！」

「話雖如此，圭妳卻一副就這樣繼續牽手也很樂意的表情哦？」

「我才沒有露出那種表情！本堂你也別對這傢伙的話照單全收哦。」

「呃、嗯。」

「妳動搖了，真可愛呢～大輝學弟試著和圭十指緊扣後感覺怎麼樣？」

該怎麼做，才能預先設想到愛學姊的神發言呢？

「我的心臟跳得很快，十指緊扣很令人緊張呢。」

「哦哦～他這麼說哦，圭小姐。」

「別把話拋給我接！不管本堂怎麼想都和我無關。趕快進行下一輪吧。」

「妳真不坦率呢。不過的確是比我想得還花時間，趕緊來決定下一輪的國王吧。」

「誰～是國王！」

這次我確認了抽到的籤，上頭寫著王。

「我抽到國王。」

「原來如此，那麼下一位國王就是大輝學弟呢。國王啊，請您下命令。」

「呃，我要命令，一號的人模仿我指定的生物，直到其他人猜中為止。」

「哦哦！是個有趣的命令呢！那麼一號的人是誰啊？」

「是我。」

舉手的是瀨戶同學。

「那麼你們兩位準備一下。」

我在手機畫面上打了某種動物的名稱讓瀨戶同學看。

「我知道了……」

「準備好了嗎？那麼模仿開始！」

瀨戶同學首先慢慢地從座位起身，然後雙手做成貓爪的姿勢。

「嘎嚕嚕……」

「噗！」

她完全沒有放入感情，清水同學忍不住噴笑出來。

「我猜，是獅子！」

愛學姊元氣十足地回答道。

「很可惜，不對。」

「那麼就是心情不好時的圭！」

「誰是像獅子的生物啦！」

大概是忍到極限了，清水同學加入吐槽。

「喂，愛，不要變成開玩笑大會。」

「我知道了啦。那麼小澪請繼續。」

「嘎嚕！」

她的回答變成猛獸風格了。看來是打算完全變成題目的生物。

瀨戶同學稍微做出思考的樣子之後，不知為何往我這邊靠過來。

「嘎哦——」

伴隨叫聲，她維持貓爪姿勢往我的背包碰碰地拍了拍。

「那個，瀨戶同學？背包裡已經沒有銅鑼燒了哦？」

「嘎哦……」

不知是不是錯覺，她的叫聲沒有精神。當我想著如果有再幫她多買一個銅鑼燒就好了的時候，感覺到視線。環視周圍後，看到清水同學正惡狠狠地瞪視著我。

「我來猜。」

「清、清水同學請說。」

「母豹（註：日文有妖豔性感的強勢女性之意）。」

「答、答對了。」

真正的答案是豹，但這應該也算正確答案吧。話說感覺必須說她答對了才行。

「哦哦，圭，妳好敏銳啊！」

沒有聽愛學姊說話，清水同學面向瀨戶同學。

「喂，瀨戶，已經結束了哦。」

「……啊，我連心都變成豹了。」

「豹不會想要銅鑼燒吧？」

雖然是我的直覺，清水同學和瀨戶同學的關係看起來似乎比之前更好了，在我不知道的時候發生過什麼事嗎？

「好，小澪也變回人了，進入下一輪吧！」

「下次我一定要當國王……」

「這次也是我當國王哦！」

「為什麼又是妳啊……」

國王遊戲第三戰，愛學姊第二次當國王。說不定愛學姊是個非常好運的人。

「那麼，接下來要選誰呢？選小澪嗎？」

「不要。」

「哎呀真可惜，我被拒絕了。那就選圭吧。」

「要是妳選得到我，就選給我看啊！」

「妳說了哦？那麼我命令，三號要對四號壁咚，並說帥氣的台詞。」

這個模式，讓我莫名有種不好的預感。再次確認籤，上頭正如我所想的寫著三。

「……三號是我。」

「……啦。」

「圭妳說什麼？聲音太小我聽不清楚哦？」

「這是作弊啦！怎麼可能會像這樣讓妳連續如願地猜中啊！」

看來抽中四號的是清水同學。確實愛學姊當國王的概率很高，也每次都能對她看中的目標下命令，到目前是百發百中。清水同學會懷疑也不無道理。

「如果是那樣，我是怎麼猜到大家的號碼的呢？」

「嗚……」

「妳沒有證據還說我作弊，好過分……」

愛學姊用手帕壓著眼角。我可以百分之百肯定地說她沒有流出眼淚。

「……我絕對會找到證據的。」

「請多加油啊，刑警小姐。那麼請妳實行命令！」

愛學姊的透視能力到底是有什麼樣的手法呢？雖然很在意，但在思考這個之前，得先實行愛學姊下的命令才行。

「這點要交給大輝學弟發揮嘍。要是你想不到，我也是可以提案啦。」

「愛學姊，妳說要很棒的台詞，我該說什麼才好呢？」

我稍微試著思考，可惜想不到感覺很棒的台詞。

「我想不到，可以請妳告訴我台詞嗎？」

「可以啊！你的耳朵稍微借我一下。」

如此說道的愛學姊走到我的身旁耳語。

「真的非得這樣說不可嗎？該說是有點羞恥嗎……」

「如果大輝學弟能想出更帥氣的台詞也可以啊，想不到就請說這句哦。」

「喂，妳是想讓本堂說什麼啊？」

「這是最高機密，請期待正式上場哦。」

愛學姊對清水同學拋去一個媚眼，清水同學用手揮開它。

「……知道了，我決定要說愛學姊的台詞。」

「唔嗯，很好很好。那麼請兩位開始準備嘍！」

「你們兩人的位置大概在這附近就行了吧。」

現在我和清水同學被國王兼導演的愛學姊趕到了社團教室的牆邊。

「我對壁咚不是很清楚，具體來說該怎麼做才好呢？」

「很簡單哦，你把圭逼到牆邊，用左手咚地一聲拍到牆上後說台詞，接著用右手咚地拍牆後再說台詞，就結束了！」

「妳的說明也太隨便了吧。」

「沒那回事哦，大輝學弟有懂了吧？」

「算是懂了……」

我對壁咚本身並不是完全不曉得，所以應該也不是辦不到。

「很好！那麼兩位都做好心理準備了嗎？」

「我沒問題。」

「嗯。」

「回答得好，我說Start後，你們就開始吧。」
清水同學轉成認真的表情。我也丟掉羞恥心，決定集中精神在演技上。
「那麼Start！」
隨著這聲令下，我將清水同學從原本的位置更逼向牆邊，沒多久清水同學的背就碰到牆，無法再往後退了。就在這時，我的左手拍到清水同學的臉左邊的牆上。
「妳已經無處可逃了。」
「……你想做什麼啦。」
清水同學並不曉得我要說什麼，這是她不經修飾的反應。
「我都做到這個地步了，妳還不知道嗎？」
「我、我不知道啊……」
下個瞬間，我的右手猛力拍到清水同學的臉右側的牆上。
「我不想把妳讓給任何人，一直待在我身邊吧。」
「什、什……」
「好，卡！很棒的壁咚耶！我看著也小鹿亂撞哦。」
我立刻和清水同學拉開距離。清水同學的臉不管怎麼看都比剛剛還要紅。我的臉大概也變成這樣了。與其說是羞恥，不如說我想從這世上消失。
「兩位觀眾你們覺得怎麼樣呢？」

「本堂學弟的演技很好呢，是意想不到的才能。」
「清水同學的反應也很棒。」
「觀眾們一致給予大好評！那麼要是還有下一次的機會，敬請期待第二部！大家先暫時休息一下吧！」
「休息？」
「主因為大輝學弟的低語而變得無法動彈了。」
我重新看向清水同學，她正無力地坐倒在做了壁咚的地方，用手抵著臉頰。
休息後也繼續玩著國王遊戲。愛學姊以兩次裡中一次的頻率當上國王，每當這時她會請瀨戶同學讓她躺在大腿上，或者讓陽介學長幫她按摩肩膀，為所欲為。附帶一提，清水同學在這期間一次也沒有當上國王。
「這次可以讓我第一個抽籤嗎？」
「陽、陽介先生？你怎麼會突然想這麼做呢？」
「怎麼，有什麼不方便的地方嗎？」
不知為何愛學姊很明顯地動搖了，到底是怎麼回事呢？
「沒、沒有啊？反正學弟妹們也說這樣可以，不是很好嗎？」
「那就這麼決定了，來抽籤吧。」

我們不知道陽介學長的意圖，就這麼照順序抽了籤。

「誰～是國王！」

我確認數字，這次我的數字是三。

「……是我。」

陽介學長的手上握著寫有王字的籤。

「喂，愛。」

「什麼事呢？」

「如果妳要向大家道歉就趁現在哦。」

「你在說什麼啊，我完全不清楚呢。」

「……真沒辦法，那麼我命令，二號從現在起對於我提問的問題，內容是否有符合實情，必須毫無虛偽地回答才行。」

「……二、二號是我，陽介你打算要問什麼啊？」

「問妳做過的事。如果借圭的話來說，就是要問妳作弊的手法。」

陽介學長說出了讓人完全意想不到的話。

「大家看看自己手上的籤的上方部分，仔細看是不是有削掉邊角？」

如同他說的看了看籤，上頭確實在四個角中稍微削掉了三個角。

「一號是一個角，二號是兩個，三號是三個，應該是對應籤的數字削掉角的。附帶一提，寫著王字的籤沒有角被削掉。」

「……原來是這樣啊。」

「圭也懂了的樣子。愛是藉由確認籤上的角來當上國王，並對她看上的目標下命令的。是這樣對吧，愛？」

大家的視線一齊集中到愛學姊的身上。

「呃，愛？」

「呵呵，呵哈哈，呵～哈哈哈～」

「既然被拆穿那就沒辦法了。沒錯，我事先在籤上動了手腳，才能好幾次都當上國王！」

「妳承認了呢。」

「對啊，推理得很棒呢，偵探先生。」

「我不記得我有變成偵探……」

「那麼謎題解決，這件事有著落了！接下來要做什麼呢……」

清水同學用力攫住愛學姊的肩膀。

「嗯？怎麼了嗎？噫！」

愛學姊發出慘叫聲。攫住愛學姊肩膀的清水同學表情像阿修羅一樣。

「妳還真敢光明正大地作弊啊。知道接下來會有什麼下場吧？」

「有、有什麼下場？」

清水同學臉上浮現了我至今從未見過的帶著黑濁之氣的笑容。

「到走廊一下。」

「咦、等等，不、不要。對不起，我真的很對不起。原諒我，救救我，不要啊～」

不顧愛學姊拚命的抵抗，清水同學把愛學姊拖到了走廊上。

「啊呀——！」

愛學姊的慘叫聲傳到社團教室中。

「……本堂學弟，這世上有一些景象還是不看為妙。」

「好的……」

在那之後走廊上發生了什麼呢，知道的只有清水同學和愛學姊而已。

「肚子餓了呢。」

國王遊戲結束後過了約三十分鐘。被清水同學帶到走廊之後，有一段時間暫時只說得出「對不起」的愛學姊也終於恢復精神。

「確實。」

「妳剛剛吃過本堂給妳的銅鑼燒了吧？」

「銅鑼燒裝在另一個胃。」

瀨戶同學超乎我的預料，似乎是個大胃王。

「是啊，確實時間也差不多了，該走了吧。」

「你說該走了是要去哪裡？」

這麼說起來，昨天在超市買的食材中，只有點心和果汁的一部分放在社團教室裡，其他食材到底放在哪裡呢？

「那當然是烹飪教室啦！」

「抵達！」

離開社團教室過了幾分鐘後，我們到達烹飪教室。

「食材在來學校時，就先放進這邊的冰箱了。」

「來烹飪教室是可以啦，但是要做什麼？話說菜刀和火之類的，老師不在場也能用嗎？」

「要做的東西我之後會說明。關於菜刀和火，如果不是文化祭這種特例，只有學生在場時是不會核發使用許可的。」

「那要怎麼辦啊？」

「妳別焦急，這次要做的料理就算不用火也能做。」

如此說道的陽介學長從烹飪教室的深處拿出紙箱，放到我們圍著的桌子上。那個紙箱上頭用大字寫著章魚燒機。

「章魚燒嗎？」

「沒錯！章魚燒就算不用火也能做，而且材料已事先切好並放進保鮮盒，所以不用在這邊使用菜刀也可以。已經準備好各種材料，我想大家肯定能夠不厭煩地樂在其中哦。」

「原來學校有章魚燒機哦。」

「這基本上只會在文化祭的時候使用，所以妳不知道也很正常。只要事先得到許可，就算不是文化祭時期也能夠借用哦。」

陽介學長之所以會知道這件事，可能是因為他身為學生會幹部，之前做過整理用品之類的工作吧。

「那種說明就算了，趕快開始準備章魚燒派對吧！」

就這樣，我們開始準備做章魚燒。

開始烹飪後過了數十分鐘，以愛學姊為中心，章魚燒順利地製作。看來愛學姊以前有過做章魚燒的經驗。

「好啦好啦，第一輪完成了！我分裝到大家的盤子裡哦。」

愛學姊這麼說完，就用熟練的手法將章魚燒放到眾人的盤子上。

「不愧是愛呢，在烹飪方面值得信賴。」

「就算你誇我，也只能得到章魚燒哦。盡情吃吧。」

「說得也是呢，那我就開動了。」

「我開動了。」

其他天文社成員們也跟著陽介學長合掌開動，率先吃下章魚燒的是瀨戶同學。

「……好吃。」

「哦哦，能聽到小澪這麼說我好高興。」

跟著瀨戶同學之後，我也將章魚燒放進口中，剛做好的章魚燒有點燙，然後非常美味。

「怎麼樣，大輝學弟？」

「非常美味，剛做好的章魚燒很好吃耶。」

「大輝學弟也給我高評價！圭妳呢？」

「我還沒吃啦。」

如此說道的清水同學吹涼章魚燒之後，也放入嘴裡。愛學姊充滿期待地看著她這副模樣。

「不要一直看我啦。還算不錯吧。」

「翻譯主語後是『好吃，最喜歡姊姊了』對吧！」

「前半句就算了，後半句完全是誤譯吧。」

「那就是說好吃啦，太好了。」

愛學姊的正面思考沒有適時停止的時候。

「妳不問我嗎？」

「不用問吧，我可是抓住陽介的胃了哦！」

愛學姊做出用手捏碎某種東西的姿勢。

「妳那個動作會讓陽介的胃破裂哦。」

「不過確實妳做的料理不管什麼都很好吃也是事實啊。」

「咦？還、還行啦。」

難得愛學姊動搖了，這可是難得一見的光景。

「呵！」

「怎麼啦，圭同學，妳那種冷淡的眼神。」

「不，我是在想妳能得到陽介的誇獎真是太好了呢。」

「就、就算得到陽介誇獎，我才沒有覺得開心呢！啊，這是在模仿圭哦。」

「妳也模仿得太不像了。話說妳別掩飾害羞啊。」

「我才沒有害羞呢，反倒覺得我的廚藝很棒呢。」

「愛學姊，再來一盤。」

「好～再來一盤哦。」

就這樣大家和和氣氣地吃著第一輪的章魚燒。

「關於第二輪，機會難得，也換人做看看吧。那樣大家都能參與，應該會更開心吧。」

她一這麼說，大約有兩個人的表情變得陰沉起來。

「很抱歉，請容我推辭。」

「我也不想做。」

「天文社不擅長做料理組的兩位，製作章魚燒很開心哦？不可怕哦？」

先不論清水同學，竟然連陽介學長都不擅長做料理，讓我很意外。

「我也不是什麼都不做，之後收拾當然是打算比其他人多一倍的努力，所以請把章魚燒製作交給其餘的各位。」

「確實硬是勉強也不太好。若是那樣，小澪或大輝學弟要挑戰看看嗎？」

「可以讓我做做看嗎？」

「當然可以！那麼第二輪的製作者就決定是大輝學弟了！」

「我做好了。」

「哦哦，好香啊！」

一開始我對能不能順利製作章魚燒感到不安，多虧愛學姊的指導，總算能夠做出形狀漂亮的章魚燒了。

「果然是平常有在做料理，大輝學弟很有資質呢。」

「謝謝愛學姊，這是多虧妳願意教我。」

「那確實也有幫助呢。」

愛學姊像是惡作劇的孩子般笑了。

「既然做好了，就趕快盛起來吧。」

「好的。」

我使用竹籤將章魚燒放到大家的盤子中。淋上醬汁和美乃滋等醬料之後，大家一齊把章魚燒放入嘴裡。

「好吃。」

「對耶，內餡也很紮實。」

放心之後我也吃下章魚燒。就像大家說的一樣，章魚燒有好好地完成。

「吃了大輝學弟的手作料理之後，圭覺得如何？」

「妳那種問法是怎樣啦？」

「這問法還行吧，告訴我感想啦，感想。」

「……還算不錯吧。」

清水同學似乎也覺得滿意，我內心鬆了一口氣。

「真不坦率呢，妳可以說『機會難得，想要你只專為我做』的啊。」

「誰會說那種話啊！」

「好吧算了。接著輪到小澪可以嗎？」

「沒問題，只是我有個疑問。」

「疑問？不管什麼都可以問學姊！」

「聽說章魚燒派對時，章魚燒的配料可以放除了章魚以外的東西。」

「是這樣沒錯。除了章魚也能放香腸或起司之類的，冰箱裡準備了很多種類哦。」

「我有想嘗試的食材。」

如此說道的瀨戶同學獨自走向冰箱，拿來某樣東西。她手上握著寫有「紅豆餡」字樣的軟管容器。

「……喂，妳說想嘗試的難道是這個？」

紅豆餡

「對，我想製作以紅豆餡為內餡的章魚燒。」
烹飪教室裡一瞬間安靜了下來。
「妳是什麼時候準備紅豆餡這種東西的？」
「昨天採買時買的。」
「確實我記得昨天小澪有偷偷把什麼放進購物籃，原來是這個啊。」
「妳喜歡的應該是銅鑼燒吧。就算把章魚燒的餡料換成紅豆餡，也不會變成銅鑼燒哦。」
「有麵糊，有紅豆餡……實質上是銅鑼燒。」
「以妳的定義來看，車輪餅什麼的也算銅鑼燒了不是嗎！」
清水同學的銳利吐槽閃爍著鋒芒。
「總之請讓我挑戰。沒問題的，要是不行我會全部吃掉。」
「那只是因為妳想吃吧。」
在大家的內心都感到不安的情況下，第三位挑戰者決定了。

「完成了。」
剛做好的章魚燒雖然形狀有些變形，但看起來很好吃。
「大家把盤子拿出來。」
不知是不是我多心，感覺大家拿出盤子的速度比剛剛還慢。

「陽介。」

「怎麼了？」

「啊～」

「什……！妳突然在做什麼啦！是想讓我當犧牲者吧？」

「你在說什麼呢？美少女要你『啊～』耶？你沒有拒絕的選項。」

「不要說自己是美少女。」

陽介學長在意著我和清水同學，還是吃掉了章魚燒。

「……該怎麼說呢，比我想得還不錯耶。如果淋上蜂蜜之類的，說不定會更好吃。」

「咦？真的嗎？陽介，啊～」

「為什麼我得對妳說『啊～』啦？」

「你被『啊～』了之後，就要用『啊～』來還。」

「……真拿妳沒轍，啊、啊～」

愛學姊帶著笑容把章魚燒吃掉了。

「……嗯！確實意外地搭！感覺像和風甜點呢。」

「果然紅豆餡是最強的。」

瀨戶同學的表情和平常一樣沒變，但莫名感覺得到她很得意。

「那麼接著輪到你們吃了哦。」

「既然似乎不會到很難吃的地步，我吃了哦。」

「那麼要由誰先來『啊～』嗎？」

「咦？」

感覺愛學姊好像提出了一個很不得了的提議。

「為、為什麼連我們都要『啊～』才行啦！」

「沒關係的，就算圭妳會輸給我和陽介的親密度也是。」

「妳別以為只要挑釁，我就會上鉤哦。」

「咦～圭果然辦不到呢，因為妳沒有那種勇氣嘛。」

愛學姊臉上浮現壞笑。我感覺可以猜到接下來的發展了。

「……了啦。」

「什麼？我聽不清楚，妳再說一次？」

「我知道了啦！『啊～』這點小事就做給妳看！」

「清水同學……」

感覺久違地又確認了一次清水同學沒有對挑釁的耐性。

「喂，本堂，來做吧！」

「呃、嗯。」

我不禁輸給清水同學的威壓而點了頭。只是我覺得她本來就沒有幫我準備拒絕的選項。

「那麼一開始由我來可以嗎？」

在做「啊～」和被「啊～」之間，做的人應該會比較不羞恥。

「好啊，隨時候教。」

「啊～」

清水同學只猶豫了一瞬間，就吃掉章魚燒。

「怎麼樣呢，圭？感想是？」

「……很甜。」

「唔嗯唔嗯，原來如此呢。」

愛學姊一邊壞笑，一邊看著清水同學。

「怎樣啦。」

「沒有，甜的是章魚燒嗎，或者是……啊，請不要瞪在下。」

「造成我瞪人的原因就是妳吧。」

「接著輪到大輝學弟哦。」

「別岔開話題。」

「我沒有岔開話題啦。好了，圭，快餵大輝學弟吧？」

清水同學往我瞥了幾眼之後，似乎是認輸了，用竹籤刺起章魚燒。

「……啊～」

清水同學拿著章魚燒往我靠過來，我覺得她的臉之所以很紅，並不是因為章魚燒機的熱氣害的。

在這裡停住，事情也不會結束。我心一橫就吃掉了章魚燒。

「怎麼樣，大輝學弟？」

「……非常甜。」

雖然嘴裡這麼說，但我的心跳鼓動得太快了，完全吃不出味道。

「湯淺老師聯絡說他再一個小時左右會來哦。」

「已經這個時間啦。」

「終於要正式做天體觀測了，我好期待呀！」

「如果能清楚地看見星星就好了。」

「天氣預報說今天是晴朗的天氣，我想沒問題的。」

「哦哦！連小澪也期待到確認天氣預報了耶！」

「我只是有點在意。」

「真是的，小澪和圭一樣都不坦率呢。」

「喂，不要把我捲進去。」

當大家隨著天體觀測的時間逐漸靠近而開始心思浮動時，突然我的手機響起來電鈴聲。

「抱歉，我去接個電話。」

「ＯＫ～請慢走。」

我到走廊確認，發現是爸爸打來的電話。父母當然知道我今天出門的事情，所以完全不曉得他打電話來的目的，總之決定先接電話。

「喂，爸爸？」

「哦哦，太好了，你接電話了。」

「發生什麼事了嗎？」

「關於這個，輝乃有去你那邊嗎？」

「咦？她沒來。為什麼會這麼問呢？」

「輝乃留下字條說要去帶哥哥回家，就不見了。」

「咦咦？」

事情來得太過突然，導致我的大腦處理速度跟不上。

「以輝乃的個性來說，我想她可能真的去大輝你的高中了，所以要是輝乃有到你那邊，你再跟我聯絡。」

「我、我知道了。」

「抱歉啊，難得是你正在開心的時候。」

「不會，謝謝你告訴我。我不去校門口守著看輝乃有沒有來也可以嗎？」

「那樣反而怕會錯過，所以大輝你就繼續待在原位吧。」

「我知道了。」

「要是輝乃中途放棄並回到家裡，我會再跟你聯絡。」

「了解。」
「那就拜託你了。」
電話掛斷了。輝乃為什麼會想把我帶回家呢？試著回想，今天的輝乃確實和平常的樣子有點不同。在我出門的前一刻，感覺輝乃也好像想和我說些什麼。
（輝乃在想什麼呢？）
答案必須問她本人才能確認，總之我決定先回到社團教室。
「啊，大輝學弟回來了。」
「抱歉我中途離開了。」
「我們在閒聊，完全沒問題哦。附帶一提，電話內容是可以問的類型嗎？」
「關於這個，是我妹妹不知為何打算過來這裡。」
「咦，這是怎麼回事？」
愛學姊疑惑地歪頭。確實只聽我說這些，應該會聽不懂吧。
「詳情我也不是很清楚，她似乎是想把我帶回家……」
「這樣更難懂了啦。大輝學弟的妹妹是叫輝乃對吧？」
「是的。」
「她比圭還要可愛。」
「喂。」

「這是開玩笑的，輝乃她想帶大輝學弟回家的理由，你有頭緒嗎？」

「嗯……」

我試著思考，卻想不到可以確定的理由。

「……沒有耶。」

「是嗎，那樣就只能等輝乃來了之後再問她了。」

這時，社團教室的門傳來慢慢打開的聲音，我看向門。

「輝乃！」

出現在那裡的是輝乃從稍微敞開的門縫間，往這裡探頭窺探的身影。輝乃被我的聲音稍微嚇到之後，畏縮害怕地進到社團教室裡。

「好可愛！難道妳就是輝乃嗎？」

「是、是的……」

「抱歉，我稍微嚇到妳了嗎？我叫做清水愛，妳可以放輕鬆叫我小愛哦。」

「好的……」

輝乃完全進入了警戒狀態。在有很多陌生人的地方，輝乃會變成警戒模式。

「輝乃，爸爸很擔心妳哦。」

「我有留訊息說要到哥哥在的地方啊。」

「就算是這樣，妳突然不見，大家會擔心的。幸好找到妳了，我現在請爸爸過來，你們一起坐車回家吧。」

「……不要。」

「咦？」

「我不要。哥哥也要一起回家。」

輝乃耍任性其實不稀奇，只是感覺她任性到這種程度是至今從未有過的。

「別說那種話，我做完天體觀測之後也會回家的。」

「不行，你馬上跟我一起回家。」

「為什麼妳要這麼說？」

「因為哥哥……」

「喂，本堂的妹妹，不要讓本堂太困擾啦。」

「……這個恐怖的人是誰？」

輝乃的聲音比平常低上許多，這是她心情相當不好的證明。

「她不可怕哦，這位是清水同學。」

「……我知道了。」

「輝乃？」

「我知道了，就是這個可怕的女人硬是邀哥哥來做天體觀測的。哥哥很溫柔所以沒辦法拒絕，明明不想，卻還是勉強待在這裡的吧……」

「輝乃！」

我發出連自己都嚇一跳的大音量。

「哥、哥哥？」

「妳要向清水同學道歉。」

「為、為什麼，我沒有做任何壞事……」

「妳要道歉。」

「哥哥……」

下一個瞬間，輝乃突然往門的方向衝出去了。

「輝乃！」

我慌忙地也跟著跑出去，但走廊上已經看不到輝乃的身影。

「很抱歉，我去找輝乃。」

「等等。」

「抱歉，清水同學，我得趕快去找輝乃才行……」

「你對妹妹會去的地方心裡有底嗎？」

她這麼一問，我不知如何回答。我確實想不到輝乃會去哪裡。

「這個嘛……我沒有底。」

「……我也去。」

「咦？」

「我也一起找她。說到底，有一部分原因是我沒有好好向你妹妹搭話才造成的。」

「不過她和清水同學沒有關係……」

「你自己之前也是來找我這個明明和你沒有關係的人吧。而且多一點人，應該會更快找到她。」

確實比起獨自尋找，多個人一起找的效率遠遠更好。

「對啊對啊，所以我也要幫忙。」

「我也幫忙。」

「我當然也會協助哦。」

「愛學姊、瀨戶同學、陽介學長……」

「你在這種時候也要請別人幫忙。你總是幫助他人，已經足以請別人幫忙了吧。」

是這樣嗎？感覺我總是受到別人的幫助呢，不過既然清水同學這麼說，那我說不定真的有幫到其他人的忙吧。

「……謝謝妳，清水同學。可以請妳幫忙嗎？」

「哦，交給我吧。」

就這樣，我們所有人都一起去尋找輝乃。

※　※　※

「嗚嗚，哥哥這個笨蛋……」

我淚流不止。在太陽逐漸西沉時，獨自一人哭泣著。做了壞事的人不管怎麼想都是我。擅自感到不安，擅自來到高中，隨心所欲地大放厥詞，哥哥會生氣也不奇怪。

只是就算我腦中清楚，內心卻無法接受。心裡一直以為哥哥無論何時都會站在我這邊。

（還是第一次看到那麼生氣的哥哥……）

至今為止不管我耍什麼任性，雖然有被他警告過，但印象中一次都沒有受到他怒罵。

（哥哥會生氣，是因為我說了那個人的壞話吧……）

一頭黑色漂亮長髮令人印象深刻的女人，說話口氣很差感覺很可怕的人。那個女人肯定因為我被哥哥罵了而正覺得心情爽快吧。

當我想著這些事時，聽到了腳步聲。

「是、是誰？」

出現的不是我在等的人。

※　※　※

「妳在這裡啊。」

天文社所有人一起開始搜索後不知過了多久，我終於找到目標人物了。

「可、可怕的人。」

「誰是可怕的人啊？」

被害怕並不是什麼少見的事，我也不是很在意，但直接說出來，我的心情還是相當複雜。

「為什麼妳知道我在這裡？」

「因為一年級的時候，我為了翹課經常找尋人跡罕至的地方啊。這裡也是其中一個點。」

「……妳是既可怕又壞的人。」

「反正我不是什麼好人啦。」

假如我是好人，就沒辦法來到這裡並找到本堂的妹妹了吧。

「那妳是來做什麼的？」

「妳覺得我是來做什麼的？」

「來嘲笑可憐的我……」

我給人的印象似乎比自己想得更糟。

「我還沒壞到那種程度啦，是本堂拜託我來找妳的。好啦，回去社團教室吧，本堂也很擔心妳。」

「……我不回去。」

「啥？」

「我說我不回去。哥哥肯定還在生氣……」

「……是嗎。」

我在離本堂的妹妹稍遠的位置坐下來。

「妳不硬把我帶回去嗎？」

「就算做那種事也無濟於事吧。只是我要報告找到妳了哦，因為本堂很擔心。」

「……我知道了。」

我拿出手機，向愛報告找到人了。之所以不直接聯絡本堂，單純是因為我沒有本堂的聯絡方式，如果是愛，可能也有本堂的聯絡方式吧。我的訊息馬上被已讀，並問了我地點，但我只輸入「我們會一起回去」，就把手機收了起來。

「我可以問妳一些問題嗎？」

「問、問什麼？」

「為什麼妳會想來帶本堂回家啊？」

本堂的妹妹似乎正在猶豫該不該跟我說。

「啊，我只是要打發時間，假如妳不想說就無視吧。」

聽到這裡，她有一瞬間露出驚嚇的表情後，搖了搖頭。

「不，我說。有點長沒關係嗎？」

「哦，妳想說就說。」

「知道了，那麼我要說嘍……」

本堂妹妹的話歸納重點來說就是這樣：本堂他們的雙親忙於工作，平日常常很晚才回家，只是就算如此本堂的妹妹也不曾覺得寂寞過，因為她的親哥哥本堂總是陪她一起玩。感冒時會照顧她直到睡著，就算她耍任性，本堂也只是一邊覺得傻眼一邊盡可能幫她實現。

雖然讀書和運動沒有別人那樣出色也不擅長，但對本堂的妹妹來說，本堂是她世界上唯一自豪的哥哥。

這樣的本堂最近發生了變化，他回到家的時間變晚了。詢問他理由，說是不知何時加入了社團活動。

「然後最近我看著哥哥，發現了一件事。」

「妳發現什麼啊？」

「哥哥感覺比以前還要開心。」

「這不是很好嗎？」

「不好。因為要是哥哥得到那麼開心的安身之處，他就不需要我了。」

本堂的妹妹似乎現在就要哭出來了。

「漸漸地他就會像今天一樣到很晚都還留在學校，變得把我放著不管，一想到這裡我就害怕起來……等回過神來，已經追到高中了。」

原來是這麼回事啊。應該連本堂自己都沒想到會把妹妹逼到這種境地吧。由於那時她遭到本堂怒罵，忍不住就覺得被拋棄而陷入恐慌了吧。我有很多話想說，但總結成一句話……

「妳是笨蛋嗎？」

「咦……」

「本堂當然不可能拋棄妳啊。就算他有了比妳還重要的人，那傢伙也絕對不會放妳孤單一個人啦。」

「為、為什麼妳能這麼肯定地說那種話啊？」

確實對本堂的妹妹來說，她應該覺得我只是一個他的同班同學吧。這樣的我能夠肯定斷言的理由極為單純。

「因為我總是看著那傢伙……本堂，總是聽他說話。」

感覺血氣都集中到臉上。只有現在，拜託不要看我的臉。

「和那傢伙講話的時候，他每天都有提到妳哦。對那傢伙來說，妳就是重要到這種程度的存在吧。」

「哥哥……」

本堂的妹妹潸然淚下，應該是感到放心之後，淚腺放鬆了吧。

「妳過來這裡。」

「可是……」

「好了，過來這裡。妳現在的那張臉，不想被人看見吧？」

本堂的妹妹很客氣地把臉靠在我的腹部上。

「我不會多問，妳想哭就都哭出來吧。」

我盡可能溫柔地摸著本堂妹妹的頭。小時候不知道從哪裡記得的，愛經常在我想哭時這麼對我做。

「嗚嗚……嗚嗚……」

在幾分鐘裡，本堂妹妹的哭聲是在只有兩人的空間裡唯一聽得到的聲音。

「那個，我想問一個問題。」

「什麼問題。」

在回到天文社的社團教室途中，一直默默跟著我的本堂妹妹突然開口說話了。

「妳說妳總是聽哥哥說話這我還懂，為什麼會總是看著哥哥呢？」

「唔！這個嘛……」

那個時候我是為了讓「本堂一直把妹妹放在心上」這番話有說服力才忍不住脫口而出的，沒想到現在會被深入挖掘這點……

「啊，我知道了。」

「……妳說來聽聽。」

「妳喜歡哥哥對吧！」

「唔……！」

用無法想像是到剛剛都還在哭的人的精神活力，本堂的妹妹對我的精神造成重大打擊。

「那、那種傢伙，我哪可能喜歡他啊！」

「哥哥不是那種傢伙哦。」

不看她的表情，從聲音也能聽出她正在不高興。這個妹妹，不知為何我可以得知她是個重度兄控。

「抱、抱歉。」

「那麼妳喜歡哥哥嗎？」

「……已經到了哦。」

「啊──妳敷衍我。」

「隨妳怎麼說。準備好了嗎，我要開門了哦。」

「嗯。」

我打開社團教室的門，裡頭除了我之外的四名天文社成員都到齊了。

「輝乃！」

「哥哥！」

本堂和他妹妹逐漸縮短距離，當距離為零時他們擁抱在一起。

「輝乃，對不起，我對妳生氣了。」

「不，是我錯了。」

愛、陽介和瀨戶用欣慰的笑容看著這對兄妹的樣子。

「幸好平安無事找到人了呢。」

「是啊，真是太好了。」

「我同意學長姊的話。」

本堂放開他妹妹，面向愛他們。

「愛學姊、陽介學長、瀨戶同學，還有清水同學，這次謝謝你們幫忙搜尋輝乃。」

如此說道的本堂深深地行了一禮。

「你不用行這種禮啦，我和大輝學弟是什麼關係啊！」

「嗯，朋友遇到困難時給予幫助是理所當然的。」

「我總是受到本堂學弟的幫助，能夠稍微幫上忙是最好的。」

所有人的視線不知為何往我集中，是想要我說點什麼嗎？

「我、我只是要還你之前幫我時的人情而已。」

「圭真是不坦率耶。明明只要說『我很開心能幫上本堂同學的忙』就好了呀。」

「誰要說那種話啊！」

「請問……我可以插一下話嗎？」
「嗯？怎麼了嗎，輝乃？」
「我有話想對清水學姊說……」
「她這麼說哦，妳就聽她說說看吧。」
她是打算說什麼呢？一瞬間腦中掠過剛剛的對話。
「那麼妳喜歡哥哥嗎？」
我覺得不太可能，不過假如在本堂面前被問到那種事，已經不知道該怎麼辦才好了。
「什、什麼話啦？」
當我還想著本堂的妹妹在看我時，她用力地低下了頭。
「剛剛我說了很過分的話，對不起！」
「呃、喂，妳抬起頭來。這樣搞得像是我逼妳低頭一樣耶。」
本堂的妹妹慢慢地抬起頭。
「……您願意原諒我嗎？」
「我本來就沒有那麼生氣啊。」
「謝謝您！」
「還有妳可以不用勉強用敬語，很怪。」
「知道了！那我還可以問一件事嗎？」

「……除了剛剛在走廊問的問題以外都可以哦。」
「清水學姊的名字叫做什麼呢？」
這麼說起來，我說不定還沒提過。
「圭，土的下面再寫一個土的圭。」
「原來如此……最後我可以再拜託妳一件事嗎？」
「話說在前頭，我可不像本堂那麼溫柔哦。不過妳可以先說說看。」
「我可以叫清水學姊『圭姊姊』嗎？」
「什……」
姊姊……姊姊……姊姊……多麼甜美的音韻啊。對當了十六年妹妹的我來說，很少有機會被這麼稱呼，有一點點憧憬。
「真、真拿妳沒辦法耶，就隨妳喜歡的叫法吧。」
「謝謝妳，圭姊姊！」
「那我呢？」
「呃……愛阿姨？」
「呃啊……！」
「愛，妳沒事吧！」
意想不到的精神打擊讓愛當場倒地不起。經過大約十秒之後，她才總算搖搖晃晃地成功站起身來。

「完全是出乎意料的一擊啊……沒想到芳齡十七也有被叫阿姨的一天，要不是遇到我，就會演變成很糟糕的事態了哦……」

「輝乃，我希望妳叫我澪。」

「澪學姊？」

「那樣也可以。」

瀨戶大概也怕自己被叫成阿姨，於是讓她記住對自己的稱呼。

「啊，對了，圭姊姊，耳朵過來一下。」

「什麼事？」

「我會支持圭姊姊的戀情哦。」

「什……！」

本堂的妹妹……輝乃大概是調整好心情了，她臉上浮現一抹像是惡作劇孩子的笑容。

「咦，明明快要做天體觀測了，你竟然要回家嗎！」

愛學姊的驚呼聲在社團教室中響起。

「是的，很抱歉，天色變暗了，讓輝乃一個人回家我覺得不放心。」

「那你們就做完天體觀測再回家吧！輝乃也想在學校屋頂上和哥哥一起看星星對吧！」

「呃、嗯。」

「愛，不要太給人家壓力，輝乃也會很困擾吧。」

「因為難得都準備到這種地步了……」

「對不起……」

「抱、抱歉，這不是輝乃的錯哦。」

當社團教室內一片靜悄悄時，突然傳來了「叩叩」的敲門聲。

「我可以進去嗎？」

「咦？好的，請進。」

「我進來了哦。」

「湯淺老師。」
進來社團教室的是我、清水同學和瀨戶同學的班導同時身兼天文社顧問的湯淺老師。
「你們五個人都到齊……咦？妳是誰啊？不是我們學校的學生吧？」
「那、那個……」
被問到的輝乃由於老師突然登場，讓她的內心超乎尋常地動搖。
「關於這點由我來說明。」
「知道了。我在這裡似乎會讓這孩子感到害怕，到走廊說吧。」
「好的。」
就這樣，湯淺老師和陽介學長去了走廊。
「對耶，已經是這個時間了呢。」
「陽介學長沒問題吧？」
「不用擔心，交給陽介，他會好好向老師說明的。」
愛學姊似乎是全心信賴著陽介學長。
「是比交給愛說明好上一百倍啦。」
「確實。」
「妳們可以再對我稍微寄予一點期待哦？」
「哈！」

「妳對我嗤之以鼻！」

「反正不管怎麼樣，最後還是得遵從老師的決定。」

「確實如此呢。」

要是天體觀測因此中止怎麼辦？當我想著這些時，陽介學長回到了社團教室裡。

「陽介歡迎回來，感覺怎麼樣呢？」

「我回來了。只有被問今天到校之後到目前為止的事而已。湯淺老師似乎要做什麼事，他說一陣子之後就會回來。」

「這樣啊，天體觀測還能做嗎？」

「這點應該不需要擔心吧？湯淺老師也說了他在做天體觀測前會回來。」

聽到陽介學長的話後，我內心鬆了一口氣。看來似乎不會浪費大家在期中考時的努力，真是太好了。

「哥哥對不起……難得你一直很期待的，卻因為我……」

輝乃覺得可能是自己害我沒辦法參加天體觀測，似乎一直認為是她的責任。我摸了摸消沉的輝乃的頭。

「別在意，今天多虧了天文社的大家，我已經非常開心了。」

「本堂……」

「喂～我進來了哦。」

敲了幾聲門後，湯淺老師的聲音從門對面傳過來。

「請進哦～」

湯淺老師帶著一如往常的溫柔神情進到社團教室。

「抱歉哦，讓大家久等了。」

「那倒是沒關係，天體觀測要怎麼辦呢？」

「在那之前，本堂同學可以說一下話嗎？」

「好、好的。」

突然被老師叫到，我不禁有些侷促。

「你會想和大家一起做天體觀測嗎？」

「呃，我是想，但得帶輝乃回家才行……」

「我問的是你想或不想和大家做天體觀測而已哦？」

我不清楚湯淺老師提問背後的意圖，但如果是單純二選一，我只會選一個答案。

「……我想做天體觀測。」

「那就太好了。」

「咦？」

「剛剛我和本堂同學的爸爸通過電話，以我會開車送輝乃回到家為條件，得到他答應讓本堂同學和輝乃一起做天體觀測了。」

他到剛剛都不在，原來是在做這些事嗎？

「我也可以嗎？」

「其實是不可以的。但今天已經沒有其他學生和老師在，只要大家願意保守祕密就不成問題，一起偷偷地做天體觀測吧。」

「湯淺老師……」

「老師也意外地淘氣呢。」

「被學生會副會長這麼說我會困擾的，平常我不會做到這個地步哦。」

「湯淺老師，謝謝您。」

「打破規定，然後受學生會長的坂田同學道謝，我還真沒想過呢。啊，我和本堂同學的爸爸約好要儘早讓輝乃回到家。雖然有點趕，我們現在就去屋頂上做天體觀測吧。」

「好！」

「哦哦！這裡就是我作夢也會夢到的夜晚的學校屋頂！」

離開社團教室過了幾分鐘後，我們踏進學校的屋頂。

「儘管我有來過通往學校屋頂的門前，但實際進來看，還是和印象中相當不同呢。」

感覺愛學姊和陽介學長也因為來到了平常不能進入的學校屋頂，明顯地情緒高漲。

「你們忘記目的了嗎？今天的目的應該是做天體觀測吧。」

「正如清水同學所說。」

清水同學和瀨戶同學比三年級生的兩人還冷靜。

「那麼接下來是天體觀測的時間。基本上可以自由行動，但護欄附近很危險，請大家不要靠近。」

「是！」

我仰望夜空。要是沒有照亮街道的燈光，應該能看見更多星星吧。不過就算如此，天空中也已鋪滿讓人不會想細數數量的群星。

「感覺好久沒有像這樣仔細地看夜空了耶。」

湯淺老師不知不覺間站在我的身旁。我有件事想問老師。

「老師為什麼會願意打電話給我爸爸，幫我們得到天體觀測的許可呢？」

「那是因為天文社的大家之前都很努力啊。為了做天體觀測，你們努力考期中考這件事我也知情。各位這麼努力，我也想給予相應的協助。而且本堂同學也是我重要的學生之一啊。」

「……真的很謝謝您。」

「這不是需要道謝的事。難得你妹妹也能一起參加，就好好享受天體觀測吧。」

「好的！」

「這個也先交給你吧。」

我接下湯淺老師從口袋中拿出來的物品，這個看起來似乎是屋頂的鑰匙。

「我已經充分欣賞過星空，先回去社團教室哦，所以剩下的事就拜託你了。」
只留下這些話，湯淺老師便離去了。

※　※　※

（重新這麼一看，意外地特別漂亮呢。）
上一次為了看星星而仰望夜空到底是多久以前呢？當我想著這件事時，背後感受到一陣衝擊，反射性地回頭一看，愛站在那裡。
「圭小姐，妳怎麼像個遲暮老人似的啊，已經晚上了哦！」
「至少讓我安靜地看個星星吧。」
「我是很想讓妳如願啦，但妳忘記今天的目的了嗎？」
「那是……」
和本堂一起留下難忘的回憶，這是我今天的目標。
「妳再這樣下去，就會只看到星星就結束了哦。」
「那我該怎麼做啊？」
「那個就交給我吧。我們期中考時也有約定啊。接下來我會讓大輝學弟以外的人一個一個都回到社團教室裡，然後最終讓圭和大輝學弟兩人獨處哦。」

「妳這樣做，即使是本堂，他在中途還是會發現的吧？」

「沒問題！大輝學弟看起來正專心地在看星星哦。」

我看向本堂，他確實沒有和其他人說話，獨自仰望著天空。

「妳沒關係嗎？」

「妳是指什麼呢？」

「別想蒙混過去，妳不是也想和陽介兩個人單獨相處嗎？」

愛和陽介在第二學期就會從天文社引退，應該會想珍惜這為數不多的機會吧。

「當然我也很樂意和陽介在夜晚的屋頂上營造羅曼蒂克的氣氛啊，但我也一樣想支持圭的戀愛之路哦。圭升上二年級之後各種努力的姿態，我全都看在眼裡。」

「……就算妳後悔我也不管哦。」

「絕對不會後悔的，而且我接下來打算不斷地對陽介出擊哦。」

「……謝謝妳啦。」

「咦？妳再說一次，謝謝誰？」

「妳會說這種話，絕對是聽見了吧！」

「我開玩笑的啦，開玩笑的。既然妳都道一次謝了，那委託就達成了，圭妳就想想和大輝學弟兩個人獨處時的事吧。」

如此說完的愛便從我的身邊離開了。

「……和那傢伙兩人獨處時，我該說什麼才好啊？」

我自言自語地這麼低聲說道。

※　※　※

我確認周遭，才發現不知不覺間人影已經減少，應該說除了我以外只剩下清水同學。在我仰望星星的期間，大家似乎不知去了哪裡。

「喂，本堂。」

「咦？」

「清水同學，妳知道其他人去哪裡了嗎？」

「他們說要先回社團教室哦。」

「是這樣啊，我完全沒發現。」

「你有帶著屋頂的鑰匙嗎？」

「有，是湯淺老師寄放在我這裡的。」

我把鑰匙從口袋中拿出來給清水同學看。

「那就好。」

這麼說完，清水同學將視線移向夜空，當我還沒反應過來時，她再次轉向我。

「你的視線令人在意。」

「抱、抱歉。」

清水同學一直看著夜空，而我似乎一直看著那樣子的清水同學的側臉。

「不用道歉也沒關係，你是有想說的話嗎？」

我說不出自己只是無意識地盯著她看，沒有想說的……有了，我還有沒好好表達的話。

「剛剛妳幫忙找到輝乃，陪在她身邊，謝謝妳。」

「我只是還你人情而已，不用在意。」

「清水同學很溫柔呢。」

「為什麼會是這個結論？」

清水同學的視線從夜空移向我。

「因為妳會那麼說，是想讓我不要多費心對吧？」

「那、那是你擅自這麼解釋而已。」

「是這樣嗎？就算如此，我依然感覺清水同學的溫柔總是帶給我幫助呢。」

「……隨便你說。」

清水同學將視線移向夜空了，所以我也決定再次仰望天空。

「話說回來，進入天文社之後到今天為止，發生了很多事呢。」

「是嗎？」

「嗯，大家一起分享看動畫的感想，期中考時一起讀書。清水同學會每天變換髮型也是從進入天文社後開始的對吧？」

「那件事就忘了吧。」

不知為何，這對清水同學來說是一個不希望提起的話題。

「進入高中時，原本我並沒有打算加入社團，現在卻覺得幸好有加入天文社哦。」

「那樣很好呢。」

「謝謝妳。」

「為什麼要對我道謝啊。邀請你的是愛，而且決定要加入天文社的是你吧？」

「儘管是這樣沒錯，但我能在天文社過得這麼開心，是托了清水同學的福啊。」

「啥？」

「如果只有我加入天文社，和大家應該會有種莫名的隔閡吧。待在天文社時，我能展現原本的自己，都是多虧了清水同學一直在我身邊的關係。」

「什……你為什麼能毫不害羞地說出那種話……」

雖然被她說我毫不害羞之類的，我並沒有打算說出害羞的話啊。

「清水同學覺得呢？加入天文社後，開心嗎？」

「那個嘛……」

「那個嘛？」

「可、可能有點開心吧，總是很吵就是了。」

「那就太好了。」

感到開心的並不是只有我而已，便放心了。儘管不知道為什麼，但我很高興能和清水同學共同度過開心的時間。這種心情到底是什麼呢？總有一天應該會知道吧。

「和天文社的大家在一起的時間也很開心，不過我應該也相當喜歡和清水同學兩個人獨處的這段時間。」

咦，我把心裡想的事情直接說出來了。只有兩人獨處的空間流淌著寂靜。今天沒有風，還以為聲音都消失了。

「清水同學？被妳無視，我還是有點傷心……」

「我也……」

我很在意話的後續，忍不住將視線移向清水同學。

「我也不討厭和你在一起的時間。」

因為很暗看不清楚她的臉，唯一知道的是她直視著我。感覺我的心臟跳得比剛剛更快了。

幸好現在是晚上，若非如此，我滿臉通紅的樣子應該就會被清水同學發現吧。

「清水同學……」

「你、你可別會錯意了，我只是不討厭而已哦！並沒有什麼深意哦！」

「我、我知道了。」

我是知道什麼了呢?反而覺得自己變得什麼都不知道了。

在那之後直到愛學姊來叫我們為止，我們都一言不發，以距離彼此一個人寬的距離仰望著夜空。

番外篇
矢野トシノリ老師
繪製的漫畫

★在社團教室玩抽鬼牌
換妳了，清水同學。
キ
天文同好會
呃⋯⋯哦。
——唔！
ドキ
ドキ
怎麼了嗎？

因…因為你用認真的表情看著我，沒辦法抽啦！
あっ
抱…抱歉。
真是的～
因為圭是個容易害羞的人嘛～
ぐぬぬ…

吵…吵死了！
我趕快抽就行了吧！
JOKER
啊。

請愛吃的聖代，

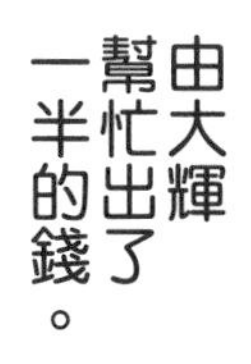

由大輝幫忙出了一半的錢。

★在社團教室做銅鑼燒

銅鑼燒！
會讓大家的心團結在一起！
どん
んっ
…妳就只是想吃而已吧。
也可以這麼說！
銅鑼燒做好之後，和隔壁的人交換哦～
ポ
什…！

為…為什麼要交換啦！
把彼此做的銅鑼燒交換來吃，會比較開心嘛♪
もく
もく
圭做的
大輝做的
那麼我的和清水同學交換哦。
！

真…真的沒關係嗎？
能夠吃到清水同學親手做的東西，我很開心哦。
你…你啊…
不要說些讓人害羞的話啦…
ぱくっ
好吃！

後記

感謝各位這次拿起《不良少女清水同學》第二集，我是作者底花。喜歡的季節是秋天（春天有花粉症，夏天會被蟲咬，冬天有手腳冰冷的煩惱）。很高興能夠像這樣和各位再次見面。

要是有能夠讓各位笑逐顏開，必定爆笑的超有趣話題，我會在這裡公開，但傷心的是我沒有，所以請容我在此陳述感謝。在第一集之後繼續閱讀《不良少女清水同學》的讀者們，我能夠寫第二集都是托各位閱讀本作的福，謝謝諸位。

最後，負責以管理日程為首等諸多工作的責任編輯大人，畫出展現登場人物魅力插圖的ハム老師，幫忙畫能留下印象的介紹漫畫及書尾漫畫的矢野トシノリ老師，還有再次閱讀本作到這裡的讀者們，雖然重複了，但真的非常感謝各位！那麼，期待有緣再相會了。

複製品的我也會談戀愛。 1 待續

作者：榛名丼　插畫：raemz

十六歲的夏天，
身為分身的我，青春開始轉動。

身體不舒服的日子，有麻煩值日生工作的日子，要定期考試的日子……碰到不想去學校的日子會被叫出來的分身，那就是我。沒辦法自由外出，人生的使命是代替本尊工作。原本明明應該如此，我卻談戀愛了。所有一切都是借用的我，只有這份愛意專屬於我。

NT$250/HK$83

假定反派千金似乎要嫁給全國最醜的男人

作者：惠ノ島すず　插畫：藤村ゆかこ

受到的懲罰是與全國最好看的男人結婚！
這遊戲世界的價值觀怎麼回事!?

轉生到陌生女性向遊戲的艾曼紐，回過神來已經以反派千金的身分遭到定罪。不過，她受到的懲罰竟然是嫁給全國公認最難看的邊境伯爵——魯斯！明明魯斯的個性和外貌都是全國最優秀的，真是暴殄天物——我會讓這段戀情成真！

NT$220/HK$73

美里活在貓的眼眸裡

作者：四季大雅　插畫：一色

第29屆電擊小說大賞金賞作品
我與妳透過貓的眼睛相遇——

大學生紙透窈一擁有窺視眼睛就能讀取過去的能力。在無聊的大學生活中，他透過一隻野貓的眼睛，邂逅了能夠看見未來的少女——柚葉美里。透過貓的眼睛就能與過去的世界對話，令窈一感到驚訝不已，他卻隨即從美里口中得知驚人的「未來」……

NT$270/HK$90

重啟人生的千金小姐正在攻略龍帝陛下 1~2 待續

作者：永瀨さらさ　插畫：藤未都也

「由我來保護您！」
為了成為真正的「夫妻」而重啟人生！

過著第二次人生的千金小姐吉兒，和丈夫哈迪斯回到帝都之後發現受到帝國軍埋伏！然而哈迪斯卻趁這個機會充分享受慢活人生……這樣不行啦，陛下！因此吉兒代替受到國家追捕的哈迪斯潛入龍騎士團，知道他被稱為「被詛咒的皇帝」背後真正的意思——

各 **NT$200~220/HK$67~73**

哥布林千金與轉生貴族的幸福之路
為了未婚妻竭盡所能運用前世知識 1 待續

作者：新天新地　插畫：とき間

商業才能、魔道具、前世知識……
為了未婚妻，我要面不改色大開外掛！

下級貴族吉諾偷偷活用前世知識，將商會經營得有聲有色。他的夢想是找個晚年能互相扶持的伴侶，但前世的他根本不受歡迎，因此不擅長和女性相處，阻礙重重。這時他得到一個相親機會，對方是因為容貌特殊，人稱「哥布林」的千金小姐……！

NT$260/HK$87

貴族千金只願意親近我・ 1 待續

作者：夏乃實　插畫：GreeN

與容貌秀麗且品行高雅的淑女們關係漸漸加深——！
甜蜜的學園戀愛喜劇，就此揭開序幕！

儘管轉生到既富裕又傲慢的貴族家中，我還是留心自己的言行舉止不失現代人應有的風度，也毫不在乎身分差距地體貼對待身邊的人們，結果引得貴族千金露娜主動與我親近。除了她以外，我在貴族學園生活中，還遇到了其他千金小姐和侍女……

NT$260/HK$87

我和班上第二可愛的女生成為朋友 1~4 待續

作者：たかた　插畫：日向あずり

大受歡迎的戀愛喜劇動畫化企畫進行中！
真樹與海迎接意想不到的二年級新生活！

儘管兩人被分到不同的班級，不過上學前仍然是真樹與海的寶貴相處時間。新的互動方式很新鮮，被海的新朋友視為「海的男朋友」，真樹的人際關係也有所拓展。在自己班上也有新的相遇……眾人之間既有合作也有碰撞。青春與戀愛萌芽的第四集！

各 **NT$250~270/HK$83~90**

我的女性朋友意外地有求必應 1~2 待續

作者：鏡遊　插畫：小森くづゆ

「人家想給你我家的備用鑰匙。」
與可愛女性朋友大玩「色色遊戲」的第二集！

湊與葉月同居（？）了。而金髮褐膚的辣妹穗波麥，也加入了湊與清純大小姐瀨里奈瑠伽的「色色遊戲」。校慶將至，湊的班上決定開設女僕咖啡廳，葉月與瀨里奈卻為了女僕咖啡廳的方向性爆發對立，還把湊也捲了進去……？

NT$240~260/HK$80~87

被師傅強押債務的我，和美女千金們在魔術學園大開無雙。 1~2 待續

作者：雨音惠　插畫：夕薙

圍繞著盧克斯爆發了與千金們新的戀愛戰爭！從師傅欠錢開始的學園奇幻故事第二幕！

只限被選上之人參加的「魔導新人祭」。學園內因選手的選拔而躁動不安時，盧克斯面臨另一個問題。為了要挖掘擊退終焉教團襲擊的星劍之力——充滿謎團的盧克斯的祕密，公主亞爾奎娜來到學園體驗學生生活！只不過這位公主並非只是為了調查而來……

各 NTNT270/HK$90

妳以為我的百合人設只是商業賣點？

作者：アサクラ ネル　插畫：千種みのり

以「百合人設」作為商業賣點的她，其實……!?
女性間的戀愛喜劇開幕！

　　最崇拜的偶像鐘月歌凜「畢業」後都過了半年，年輕女性聲優仙宮鈴音卻仍對她念念不忘。而她在經紀公司裡遇見的聲優新進，居然正是鐘月歌凜本尊！鈴音內心整個飄飄然，但表面上依舊佯裝平靜，打算保持一定的距離。歌凜卻積極地試圖拉近距離……？

NT$240/HK$80

國家圖書館出版品預行編目資料

鄰座的不良少女清水同學染黑了頭髮 / 底花作；
Cato 譯 . -- 初版 . -- 臺北市：臺灣角川股份有限公
司 , 2024.06-
冊； 公分 . -- (Kadokawa fantastic novels)
譯自：隣の席のヤンキー清水さんが髪を黒く染めてきた
ISBN 978-626-400-078-9(第 2 冊：平裝)

861.57 113004992

Kadokawa
Fantastic
Novels

鄰座的不良少女清水同學染黑了頭髮 2

（原著名：隣の席のヤンキー清水さんが髪を黒く染めてきた 2）

2024年6月24日　初版第1刷發行

作　　者：底花
插　　畫：ハム
譯　　者：Cato

發 行 人：台灣角川股份有限公司
總　　監：呂慧君
總 編 輯：蔡佩芬
主　　編：林秀儒
編　　輯：楊芫青
設計指導：陳晞叡
美術設計：李思穎
印　　務：李明修（主任）、張加恩（主任）、張凱棋、潘尚琪

發 行 所：台灣角川股份有限公司
地　　址：104台北市中山區松江路223號3樓
電　　話：（02）2515-3000
傳　　真：（02）2515-0033
網　　址：www.kadokawa.com.tw
劃撥帳戶：台灣角川股份有限公司
劃撥帳號：19487412
法律顧問：有澤法律事務所
製　　版：巨茂科技印刷有限公司
ＩＳＢＮ：978-626-400-078-9